JN108940
「本当だよ、ルゼルディア。好きなんだ。信じてくれ」
「っ……」
（本文より抜粋）

DARIA BUNKO

淫紋 -傲慢な魔法使いと黒珠の贄-

西野 花

ILLUSTRATION 笠井あゆみ

ILLUSTRATION
笠井あゆみ

CONTENTS

この作品はフィクションです。
実在の人物・団体・事件などに一切関係ありません。

淫紋 -傲慢な魔法使いと黒珠の贄-

「姉上、それ以上行ってはなりません。もうすでにサイラスの領地に踏み込んでおります」

「あの魔法使いの城はもっとずっと向こうでしょう？　このくらいは大丈夫よ。それとも臆したの、ルゼ」

そんなふうに言われて、ルゼルディア――ルゼは、姉の背を追いながらため息をついた。

「ヤコの実は、このあたりにしか生《な》らないのよ。お父様の誕生日に、パイを作ってあげたいの」

「だからと言って危険を冒したのでは、父上は喜びましょうか」

ルゼが言うと、姉のプリシラはきっ、とした表情を浮かべて振り返る。

「だからあなたを連れてきたんでしょう。ルゼは兄弟の中で一番弓が上手いのだから。エルフの中でも上手いということは、あらゆる種族の中でも一番上手いということよ。誇りなさい」

ルゼとプリシラは、ダークエルフの里の王族だった。褐色の肌と尖った耳が特徴の種族だ。

エルフは森の中に住み、総じて狩猟を得意としている。大変に長寿であり、プリシラは年齢にして八十歳、ルゼは姉よりも十歳は下だが、二人とも外見年齢は二十歳ほどにしか見えない。

そしてまだエルフとしては大変若いほうであった。

「あっ、あったわ。こんなに生っている！」

目当ての樹を見つけたプリシラは、弾んだ声を上げる。ヤコの実はとても珍しい実であり、食べるとても美味だった。プリシラとルゼは六人兄姉の末から二人であり、プリシラは父の覚えをよくしたいと必死なのだ。

「すぐにもいでしまうわ。見張ってて」

「早くすませてください」

「わかっているわ。ルゼは心配性ね――。あなたは生まれた時にサイラスの祝福を受けたのだから、見つかっても大目に見てくれると思うけど」

「姉上」

ルゼに固い声を向けられて、プリシラは肩を竦《すく》めた。持っていた籠の中に深紅の果実を放り込んでいく。その姿を横目に見ながら、ルゼは弓を構え、辺りを警戒した。

この辺り一帯の土地を支配するサイラスは、闇の魔法使いとしてその名を轟《とどろ》かせていた。人間でありながら魔道を極め、エルフと同じく長い寿命を手に入れている。そこまでの力を得た魔法使いは、この大陸にあと一人しかいない。

だがサイラスは、魔道の暗黒面を極めた魔法使いだった。その昔は周囲の小国に次々と攻め入っては支配し、領土を広げ、逆らう者には残忍な死が与えられた。

そしていよいよルゼ達のダークエルフの里、リフィアにサイラスの魔の手が伸びようとした時、サイラスはふいに飽いたといって進軍をやめてしまった。以来五十年間、リフィアとサイラスの領土は隣接したままかりそめの平和を保っている。

だが、だからと言って、友好的な関係を築けているわけではない。

「まだですか、姉上」

「待って、もう少し――」

豊富に実るめずらしい果実に、プリシラはなかなか手を止めることができないらしい。ルゼが再三せっついて、彼女はようやっと木の上から降りてきた。

「これだけあれば充分だわ。さあ、行きましょう」

ルゼはほっとして、森の出口に向かおうとする。だが、その時、冷ややかな風が吹いた。

はっとして前を見ると、いつの間にか黒い人影が立っている。黒ずくめのローブを身に纏《まと》った、背の高く、闇色の髪と血の色の瞳をした魔人が。

「――ひっ」

ルゼの背後でプリシラが怯えたように息を呑んだ。

「……サイラス」

プリシラを背後に庇《かば》いながら、ルゼは押し殺した声で目の前の男の名を呼んだ。

その男はまさしく、闇の魔法使いサイラスだったからだ。

「――我が庭に勝手に忍び込み、実りを持ち帰るとは何事だろうか」

地を這うような声、だが、どこか歌うような響きを持っている。こちらに向けられる威圧感にルゼはごくりと喉を上下させた。

「……サイラス。勝手に領地に侵入したことは詫びよう。だが、これは我が父の誕生日にどうしても必要だったものだ。金銭はお支払いする。見逃してはもらえないだろうか」

「ほう。里の王族ともあろうものが、こそ泥の真似とは」

「――何よ。ここはもともと緩衝地帯だったはず。あなたの領地ではないわ」

「姉上！」

勝ち気な姉は、ルゼを押しのけて前に出た。止めようとするものの、彼女はルゼの言うことをきかない。

「いつの間にかあなたが実行支配している形になっているけれど、ここの資源は誰のものでもないはずよ。私達が何も言わないからといって、いい気にならないで」

「ふん」

プリシラの言うことに、サイラスは鼻を鳴らした。

「リフィアの姫は、俺がその気になればダークエルフの里など一気に滅ぼせるということをわかっていないようだな」

「私達を見くびらないで」

プリシラはサイラスに毅然として言い放つ。まずい、と思った。リフィアの里は、今現在はサイラスと休戦状態にあることを総意としている。プリシラ一人の意見で情勢を変えるわけにはいかない。

「姉上、それ以上は」

「黙りなさい、ルゼルディア」

プリシラは弟に一喝した。

「あなたは悔しくないの。もうずっとこんな魔法使いに好き勝手されて――。そんなだから、お父様もあなたに」

言いかけて、プリシラは口を噤《つぐ》む。言い過ぎたと思ったのだ。

お父様もあなたには期待していない。

プリシラはそう言いたかったのだ。

「……ごめんなさいルゼ。そんなつもりじゃ」

ルゼは首を横に振った。咄嗟《とっさ》に出た言葉が、姉の本音だということはわかっている。

「……俺のことはいいです。けれど、里のためにならないことはお慎みください」

「っ！」

プリシラの琥珀色《こはくいろ》の瞳に涙が滲む。誇り高く気性の激しい彼女にとって、この情勢はもうずっと看過《かんか》できないことだったのだろう。だからといって、勝手が許されるわけがない。里のことを思うならばなおのことだ。

「姉弟喧嘩は終わったか」

退屈そうなサイラスの声が聞こえて、ルゼとプリシラははっとなる。尖った口調ではないが、決して寛容さを含んだものではなかった。

「お前の姉君は、なかなか肝《きも》の据わったところがあるな、ルゼルディア」

「――――」

ルゼは唇を噛み、サイラスを真っ直ぐ見返してからふいと視線を逸らす。

「それに免じて、命だけは助けてやろう。今はな」

サイラスが持った杖の先が僅かに上がったのに気づき、ルゼは顔を上げた。それからプリシラの腕を掴《つか》んで引き寄せ、咄嗟にサイラスに背を向けて姉を庇う。その数瞬の間に、サイラスの杖から魔力の波動が放たれ、ルゼの身体《からだ》に衝撃が走った。

「う、ぐっ……！」

「ルゼ！」

「ほう、姉を庇って、自ら術を受けたか」

サイラスはおかしそうに言う。彼は、ルゼがプリシラを庇うということを、すでにわかっていたようだった。

「ルゼ、大丈夫⁉」

全身を走る魔力を、身体は異質なものとして抵抗する。ダークエルフは魔法に対する耐性が高いほうだが、サイラスほどの魔法使いであればそんなものは問題にならない。ルゼは地面に頽《くずお》れ、奥歯を食いしばって術が肉体を侵そうとする苦痛に耐えた。熱を持ったそれは徐々に収束して、やがてルゼの下腹に刻印を刻むように肌を焦がす。

「うう……ああっ‼」

火傷《やけど》のような痛みに声を上げると、その感覚は急速に消えていった。後には微かな疼《うず》きだけが残る。

「見せて、ルゼ」

「まっ…、駄目です、姉上」

「いいから見せなさい！」

プリシラの手によって、ルゼの衣服がはだけられていった。下腹を覆う布地が取り去られると、ルゼとプリシラは思わず息を呑む。

ルゼの下腹には、魔術による紋様が刻まれていた。褐色の肌に白く浮かび上がるように描かれたそれは、どこか美しく、そして禍々《まがまが》しくさえある。

「こ、これは……」

「それは淫紋だ」

サイラスの声が聞こえた。

「それを宿した者には、昼夜の区別なく発情の発作が訪れるだろう。お前の腹は犯してくれるものを求めて狂おしく疼き、放っておけば気が狂って死ぬ」

「――……っ」

ルゼは瞠目《どうもく》する。

「それを抑えるためには、体内に定期的に魔力を帯びた精液を注いでやらなければならない。わかるな?」

つまり、魔法使いの精を体内に取り込まねばならないということだ。

「……悪趣味、なっ……!」

「耐えようとしても無駄だ。淫紋の発情には、正気を保っていることすら難しいだろう。俺の元に来い、ルゼルディア。もともと、そのつもりでお前が生まれた時に祝福を授けた」

ルゼが生まれた時だった。闇の魔法使いサイラスがルゼの揺り籠の元に現れ、祝福を授けた。

祝福とは生まれた時に受ける祈りのようなもので、リフィアの里の王の子供達は、皆、森の賢者に祝福を受けることになっている。祝福は善性を持つ、位の高い者に受けることほど由とされていた。

だがルゼが受けた祝福は、闇に生きる魔法使いのものだった。それは、里の王の子供としては考えられないほどの失態だった。

生まれたばかりのルゼの生は、その時点で期待されないものとなった。あからさまに蔑《さげす》まれたりはしないものの、両親や兄姉達の言動の端々から、お前は私達とは違うものだという空気を感じ取る。だがそれでも、ルゼは里の皆を愛していたし、役に立ちたいと思って生きてきた。

それなのに。

――――こんな恥辱《ちじょく》の証《あかし》を刻まれて、この魔法使いのものにならないといけないなんて。

「嫌だ」

ルゼは咄嗟に口に出していた。

「焦《じ》れて死ぬ運命だとしても、お前のものにはならない。その前に誇り高い死を選ぶ」

ルゼの言葉に、サイラスは口の端に笑みを浮かべる。

「いいだろう。抗《あらが》えるものならやってみるがいい」

ルゼは脚に力を込め、立ち上がった。ふらつく身体をプリシラがあわてて支える。

「耐えられなかったら、いつでも俺の城に来い。呪いを解いてやろう」

その言葉を最後に、サイラスの姿がかき消えた。後にはぬるい風と、木々のざわめきだけが聞こえる。

「……里に帰りましょう。ルゼ」

プリシラの言葉に、ルゼは力なく頷《うなず》いた。

ルゼがサイラスの呪いを受けたことを聞いた父と母は、嘆かわしいと言いたげなため息をついた。それを見て、ルゼは唇を噛む。やはり両親にとって、自分は厄介な存在なのだ。面倒な事態を運んでくるだけの。

「……どうするつもりだ、ルゼルディア」

「どうもしません。父上母上のお手を煩《わずら》わせることはしませんので、ご心配なく」

ルゼはこの呪いを耐えるつもりでいた。術に対抗できるような魔力を注ぎ込むことは無理だし、かと言ってサイラスのものになるつもりもない。だが、そんなルゼの悲壮な決意を前に、一番上の兄は言った。

「……もし、ルゼがサイラスのところに行ったら、状況が変わるってことはあるんじゃないか。ルゼは祝福を受けるくらい、サイラスに気にいられているってことだろ」

「お兄様、なんてことを…！」

「たとえばの話だ」

プリシラに抗議され、長兄は慌てて言い繕《つくろ》う。だが、彼もまた本音ではそう思っているのだ。激しく憎まれはしていないものの、家族としてはいなければいいとされている。わかってはいるつもりでも、こうして垣間見てしまうとやるせなさが胸に募る。

「申し訳ありません、兄上、けれど、自分の始末だけは自分でつけるつもりです」

ルゼはそう言ってその場を去った。

背後で締まる扉を開けて追いかけてきてくれるものは誰もいなかった。

自室に閉じこもって鍵をかける。ルゼの部屋はよけいな物がなく、装飾も必要最小限だった。ただ青を基調とした壁や窓にかけられている布が寒々とした印象を与える。

恐れていたものは、それからさほど時間を経たずにやってきた。まるで全身の血が煮え立つような感覚と、肌がいっせいに粟立《あわだ》つ感覚。それに耐えられず、ルゼはベッドに倒れ込む。

「は……っ」

ずく、ずく、と腹の中が疼く。これまで誰かと情を交わしたことなどないというのに、そこを突き上げられ、かき回されたくて仕方がなかった。だが誰かをベッドに引っ張り込むわけにもいかない。

「あ、う…っ、ああっ」

衣服をはだけ、自分の胸に手を這わせると、二つの突起が固く尖っていた。指先で摘まむと、びりびりとした快感が走る。

「んあっ…、あ、い、や…ぁ」

自分の拙《つたな》い愛撫では足りない。誰かに思う様虐《いじ》めて欲しい。もどかしさに腰が浮く。脚で蹴るようにして下肢の衣服を脱ぎ捨てると、股間で震えながらそそり勃つ肉茎を握った。夢中で扱《しご》き立てると、痺れるような快感が込み上げる。

「ふあっあっ……！　あ…あ、もっとっ……」

欲しい場所に指を伸ばした。ルゼの後孔はありえないほどにヒクついていた。ためらっていたのはほんの一瞬で、指が肉環をこじ開ける。

「ああんっ、んっ、ん――〰〰っ」

その瞬間、肉茎の先端から白蜜が弾けた。指を挿入しただけで達してしまったにも拘《かか》わらず、身体の飢餓感はよけいにひどくなる。ルゼは啜《すす》り泣きながら指を深く挿れ、媚肉を擦った。

「あっ、ああ〰〰……っ！」

そこで得る快感はたまらなくて、ルゼは思わず腰を振る。淫紋の呪いのせいか、そこはひどく濡れていた。指を動かす度にぐちゅぐちゅと漏れる卑猥《ひわい》な音に、ルゼは興奮をかき立てられる。どうやらこの淫紋は、精神にも作用するようだ。

「く、うう、ふぅうんっ、っあ、ああぁあ…っ！」

後ろでの絶頂はすぐに訪れて、がくん、がくんと腰が揺れる。だが、それで発情が治まるはずもなかった。むしろ今の快楽が呼び水となって、身体の底から焦げつくような疼きが込み上げてくる。

「あっ、いやっ、いやだっ、こんなのっ……！」

どんなことになろうと、耐えるつもりでいた。それなのに強烈すぎる疼きはルゼからその固い覚悟すら打ち砕いていく。

（こんなの、我慢できるわけない）

「あぁはっ、あっ、あっ！」

届く限りの奥を、二本の指で嬲《なぶ》った。快楽は確かに感じるのに、まったく満足できる気配がない。いったいこの発情はいつまで続くのだろうか。そう思うと恐怖しかなかった。

「うぁあっ、あっいくっ、いくっ…！」

一人ベッドの上で悶え、自分を愛撫しながら、ルゼはいつ終わるともしれない発情に翻弄《ほんろう》された。


身体は泥のように疲れ切っている。長い間身体に力が入っていたために、関節に鈍い痛みを感じていた。

あれから何日経ったろうかと、ルゼはぼんやりと考える。淫紋の発作は断続的に訪れ、その度にルゼは発情に悶え苦しみ、自慰を繰り返していた。だがいくら自分の手で果てても、焦げつくような疼きはなかなか治まらない。ただ悪戯《いたずら》に体力を消費するばかりで、食事もろくにとれなくなっていた。このままでは衰弱するばかりだろう。

どうにかするには、この身体に魔力を注ぎ込むこと。だがその方法は、ルゼが誰かに抱かれることである。サイラスの術に対抗できる魔力を持つ者が果たしているのだろうか。

（いる。一人だけ）

だがその相手に縋るのは、どうしても抵抗があった。

「……ルゼ？　大丈夫？」

その時部屋の扉の外から声をかけられ、ルゼははっとする。プリシラの声だった。

「入らないでください、姉上」

ルゼは咄嗟に告げる。今のこんな姿を姉に見られるのは嫌だった。

「そう、わかったわ。ここで言うから、よく聞いてルゼ」

プリシラは扉の向こう側で話し出す。

「今のままだと、あなたは死んでしまうわ。ろくに眠れてないし、食べていないのでしょう」

「……」

「私、考えたの。ジャファフ湖の側に、暁の魔法使いが住んでいるでしょう。彼に助けを請いなさい」

ルゼは瞠目した。その者こそ、たった今思い描いていた人物だった。

サイラスに匹敵する魔力を持つ魔法使い。世捨て人のように一人で湖の畔《ほとり》に住んでいる。

「し、しかし姉上、彼は……」

「実は、もう手紙を送って事情は話してあるの。彼、構わないって言っていたわ」

「……っ」

ルゼはシーツを握りしめた。彼がこんな状態の自分を受け入れる。それは彼に抱かれるということだった。

「嫌です姉上。俺は彼のことは――」

「お願いルゼ。きいてちょうだい。あなたが死んだら、私のせいだわ」

プリシラの涙声が聞こえてくる。だが彼女は、おそらく本気でルゼのことを案じているわけではない。ただ自分の過失のせいでルゼを喪《うしな》う呵責《かしゃく》に耐えられないのだ。

「私のツィギーをバルコニーに降ろすわ。後はその子が連れていってくれるはず」

その言葉と同時に、部屋のバルコニーに影が降りる。プリシラが飼っている翼竜だった。よく躾《しつ》けられていて人にも慣れている。プリシラはその翼竜を可愛がっていて、自分の他には誰も乗せなかった。それをルゼに貸し出すということは、もしかしたら本当に心配してくれているのかもしれない。

「早く行って」

「……姉上」

ルゼはしばし逡巡《しゅんじゅん》する。確かに、助かるにはこの方法しかないだろう。あの男が本気でルゼを救おうとしてくれるならの話だが。

「――わかりました。ありがとうございます」

ルゼはベッドを降り、部屋の窓を開ける。そこには小型の翼竜がルゼを待っていた。緑色の瞳がこちらをじっと見つめている。

「……連れていってくれるのか」

翼竜にそっと触れると、ツィギーと名付けられたそれは喉の奥でギュルギュルと鳴いた。ルゼは長衣だけを手に取るとそれを羽織り、急いで簡単な支度だけをすると翼竜に跨《また》がった。

ツィギーはばさりと翼を広げ、空へと舞い上がる。

ふと、両親や兄姉に黙って出てきてしまったことを思い出した。だがおそらくプリシラが伝えてくれるだろう。それに、ルゼから言おうものなら、もしかしたらサイラスの元に送られるかもしれない。実際、兄の一人は、ルゼをサイラスに差し出そうというようなことを言っていた。それを思い出し、ルゼはかぶりを振った。

眼下には森と、遠くのほうに平原が広がっているのが見える。そこには大きな都市と、村が点在しているのが見えた。その更に向こうに聳《そび》える峻険《しゅんけん》な山々。あそこを越えたところに、目指す魔法使いがいる。

「――――」

ルゼはツィギーの手綱をぎゅっと握りしめる。そこに行ったら、自分はどうすべきなのか。ほとんど着の身着のままで飛び出してきてしまったので、まだ考えがまとまっていない。そもそも発情の発作で思考がほとんど使い物になっていなかった。

これまでの絶望的な状況からほんの少し光明が見えかけたことで安堵《あんど》したのか、疲労が蓄積した身体から力が抜けていく。ルゼはツィギーの背に頭をもたせかけ、うとうとと眠りに誘われていった。


「――――キィイッ」

ルゼが目を覚ましたのは、ツィギーの鋭い泣き声が耳を貫いたからだった。はっとして顔を上げ、身体を起こすと、前方から大きな鳥のような影がこちらに向かってくる。

（――――鷹、鷲……、いや、大きい）

魔獣の類いだろうか。魔獣はツィギーのような小型の翼竜であれば襲ってしまう。ルゼは荷物の中の弓にそろそろと手を伸ばす。もしツィギーが襲われるようであれば、守らなければならない。

影が近づいてくるにつれ、その姿が見て取れた。それは巨大な猛禽《もうきん》のような姿だった。翼を広げた全長は、五メートル以上はあるだろうか。鋭いかぎ爪と艶やかな羽根は陽の光を浴びると鮮やかに輝き、思わず目を奪われるほどに美しかった。

猛禽はツィギーに近づくと、周りを何度か旋回するように飛ぶ。それから元来た方向へ頭を向け、先導するように飛んでいった。まるでついてこいと言っているようだった。ツィギーもそれに従うつもりらしく、猛禽の後をついていく。ルゼは不思議に思ったが、ツィギーに任せることにし、様子を見てみようと思った。

山を越えてしばらく飛ぶと、大きな湖が見える。あれがジャファフ湖だろう。もう陽が傾きかけ、夕陽の橙《だいだい》色の光を帯びた凪《な》いだ湖面はきらきらと光っていてとても綺麗だった。そしてその傍らの森の中に隠れるようにして大きな建物が見える。先を飛ぶ猛禽はその建物に向かって飛んでいるように見えた。

(もしかしたら、彼の使い魔なのかもしれない)

プリシラの連絡を受け、ツィギーとルゼを出迎えに来たということも考えられる。

(でも、あの男が果たしてそんなことをするだろうか)

記憶の中の、あの意地悪な表情が思い浮かぶ。それでも今のルゼは、彼に縋るしかないのだ。

猛禽は建物の前に降り立った。ツィギーもそれにならって地面に降りる。ルゼが恐る恐るツィギーから降りた時、目の前の猛禽の姿がふいにぶれた。

「えっ……!」

あっという間だった。それまで巨大な猛禽だと思っていた生きものはみるみる姿を変え、人の形を取り始める。

豪奢《ごうしゃ》な長い髪は赤く不思議なグラデーションを描いている。濃紺に金色の刺繍の入ったローブと、それに包まれた逞《たくま》しい体躯《たいく》。男らしく整った顔立ちの中の緑色の瞳がルゼを捕らえた。

「……アドルファス」

暁の魔法使い。もう一人の魔道を極めた男。それが男の名前だった。

「久しぶりだね、ルゼルディア。最後に会った時から、二十年は経っているかな？」

猛禽はアドルファスが変身した姿だったのだ。ルゼは思わず視線をそらしてしまう。まだ心の準備ができていなかったところにいきなり目の前に現れて、どうしていいのかわからない。

「君の姉上から聞いたよ。厄介なことになっているらしいね」

「……俺の失態だよ」

「プリシラは自分のせいだと言っていたけど？」

アドルファスの口調はどこまでも飄々《ひょうひょう》としていて、深刻さに欠けている。けれどルゼはこの男の底意地の悪さを知っていた。だから少し苦手なのだ。だが、今頼れるべき存在は彼しかいない。

「……突然こんなことをお願いして、迷惑なのはわかっている。だけど……」

「待って」

アドルファスはルゼの前に人差し指を立てた。

「僕はちっとも迷惑なんかじゃない。頼ってくれて、むしろ嬉しいくらいだ」

「どうせ、おもしろがっているくせに」

ルゼは思わずぼやいてしまう。過去の苦い出来事が脳裏に浮かんだ。

「僕をそんなに意地悪な男だと思っているのかい？」

「違うとでも⁉」

「心当たりがないが」

「――――」

ルゼは続けようとしたが、今はそんな場合ではないと口を噤む。今のこの状態では、その意地悪な男に助力を得なければならないのだ。

「……こちらが失礼だった。すまない」

アドルファスは片方の眉を上げてルゼを見下ろす。

「相当深刻な状態みたいだね。ちゃんと眠れてないのかな？」

「昼夜関係なく発作が襲ってくる」

発作と発作の間に、力尽きてつかの間眠りに落ちるという感じだった。疲労は相当に蓄積している。

「なるほど」

アドルファスの視線が、ルゼの服の上から淫紋のある下腹のあたりにじっと注がれていた。

「わかったよ。僕でよければ力になろう。ただサイラスもなかなか優秀な魔法使いだ。解呪に

は時間がかかる。その間、淫紋の発作の対応は僕が引き受ける」

「…、それっ、て…」

何か発情しないようにする術でもかけてくれるのだろうか。ルゼはそれに期待した。だが。

「もちろん、君が発情したら僕が抱く」

「……っ」

やはりそういうことになるのか。ルゼは思わずため息を吐《つ》いた。

「というか、それしか方法がない。サイラスが施した魔法による印呪――――。それに僕の魔力を注ぎ込み、君の体内に居座る彼の魔力を駆逐《くちく》する。それには、交合するのが一番いい」

どんなことを言われても、今のルゼには彼の言うことを聞くしか方法がない。覚悟を決めて頷く。

「よし。じゃあ、その翼竜はどうする？　ここにいてもらうかい？」

振り返ると、ツィギーは翼をたたんでおとなしく待っていた。

「ああ、いえ――。姉に返さないと」

ルゼはツィギーの頭を抱いて、鼻先を優しく撫でる。

「ツィギー、ここまで連れてきてくれてありがとう。姉上のところにお帰り」

ツィギーの喉奥からギュルルルと音がした。

「そのまえに、食事をあげよう。待っておいで。オークの肉があるよ」

アドルファスは少しの間姿を消すと、次には骨つきの、人の頭ふたつ分ほどもある肉を運んできた。

「そ、そんなの、どこで…」

まだ血の滴《したた》るそれをツィギーは喜んで食べている。ほとんど肉を食べないエルフのルゼは狼狽《うろた》えてしまった。

「見ての通り僕は鳥の姿になることもあるし、その時に狩ったのをちょうど保管しておいたんだ。オークの肉はけっこううまいんだよ。よしよし、いい子だ。ここまで飛んできてお腹がすいたろう？」

アドルファスがツィギーの頭を撫でながら言う。

オークは豚型の亜人で、人間よりも大きな個体が多い。彼らは人を襲うことも多く恐れられていた。そんなオークを食うと言われ、ルゼの背中に冷たいものが走る。

一見優しげに見えるが、この男は得体がしれない。もうどれだけ生きているのかもわからない魔法使いだ。サイラスはそのわかりやすい悪事のおかげで闇の魔法使いとして不名誉な名の知られ方をしていた。それに比べアドルファスは、一見すると華やかな出で立ちをしており、その言動も軽妙でサイラスと対極だと人々からは思われている。

だが、アドルファスはある意味サイラスよりも得体がしれない。その振る舞いから真意が掴みにくい。けれどそれは、まだ百年も生きていないルゼが正体を掴めないのも仕方がないのかもしれなかった。

「気をつけておかえり」

バサリ、と翼を広げて飛び立つツィギーをアドルファスとともに見送る。その影が完全に見えなくなると、とうとう彼と二人だけになってしまったのだと思い、身体が竦んだ。

「君も疲れているだろう、ルゼ、少しおやすみ。夜にまた会おう」

「わかった」

「部屋に案内しよう。おいで」

手招かれて、屋敷の中に入る。そこは不思議な光景だった。青と紫、橙や緑色など、多彩な光源が広間を照らしている。よく見るとそれは色硝子《ガラス》によるものだとわかった。白い陶器のような階段を上っていくと、薄青く光る廊下が奥まで続いていた。両側の壁に、扉らしきものがいくつか見える。

「どこでも好きな部屋を使うといい。どうせ君と僕しかいないからね」

「ありがとう。……世話になる」

そう言ってルゼが足を踏み出そうとした時、それはやってきた。

「……っ！」

身体の奥で、どくん、と脈動が跳ねる。この数日であまりにも覚えのある感覚だった。

「ふっ、うっ……！」

「ルゼ！」

ぐらりと傾《かし》ぐ身体をアドルファスに抱き留められる。淫紋を刻まれてから初めて感じる人の温度に、肌がざわざわとした。

「や、だ、離せっ…、さわら、な…っ！」

「何言ってるんだ。そのために来たんだろう」

アドルファスはルゼを軽々と抱き上げ、一番手近な部屋へと進んだ。扉は彼が近づくと手を触れずとも勝手に開く。

部屋の中もまた、美しく整えられていた。幾枚もの織物が壁を飾り、可愛らしい形のランプや花差しが調度に彩りを添えている。

だが今のルゼには、それらを楽しむ余裕はなかった。移動中は気が紛れていたのか訪れなかった発作が、その間を取り戻すように身を焦がさんばかりの勢いで襲ってくる。

「はあ、はあ……っ、ああ…っ！」

突き上げる欲情に、ルゼは耐えきれずに自分の肩をきつく抱き締める。ひんやりとしたシーツに下ろされた時、その感覚にすらビクン、とわなないた。

「淫紋を刻まれてから、どのくらい経った」

「…っ、半月、くらい…？」

アドルファスの問いに、ルゼは喘ぎながら答える。

「なるほど、ぎりぎりだったな。もう男の精をここに入れないとまずいぞ」

ここ、と言う時に下腹に手を置かれた。

「僕では不満のようだが、現実的に考えると僕を相手にするのが一番いい。諦めて治療を受け入れるんだ」

「……もとより、そのつもりだ。けど」

吐き出す息が熱い。

「アドルファスは、いいのか。こんな手間、かけさせて……っ」

「僕？」

彼はその問いが意外そうに首を傾げた。

「僕とルゼの仲じゃないか」

ひどく白々しく聞こえる。だがこの男の本音を聞き出すことは難しいということはわかっていた。ずっと昔から、ルゼはこの男のことが苦手だった。あんなことがあったのに、彼はもう忘れてしまったのだろうか。

アドルファスがダークエルフの里であるリフィア王国にいた時だった。

「あれが大魔法使いよ。アドルファスという名前なんですって」

当時彼は大魔法使いの称号を得たばかりで、森の長老の特別な許可をもらって里に滞在していた。エルフは魔法が得意な者が多く、その魔力に満ちた土地や森に恵みをもたらす。この里や森は魔法使いにとっても都合がいい場所らしかった。霊的な磁場が至る所にあり、彼らが実験に使う植物や生物が豊富だった。

「すごく素敵な人じゃない？」

アドルファスが長老に案内されて森の中を散策しているところを、プリシラに連れられてのぞきにきている。ルゼはそんなことはしたないからやめるべきだと言ったのだが、姉の好奇心を止めることはできなかった。ルゼはこのすぐ上の姉にいつも振り回されている。それでも、兄姉達の中では彼女が一番ルゼに優しくしてくれていた。だから言うことを聞いてしまうのかもしれない。

「魔法使いって、サイラスみたいないけ好かない奴か、研究にしか興味のないつまらない人間しかいないのかと思ってたけど、ああいう感じの人もいるのね」

そう言って見た先には、背の高い人間の男がいた。魔法使いがよく身につけるローブを着ていて、赤っぽい長い髪が先のほうにいくに従って金色になっている。それがとても綺麗だと思った。高い鼻梁《びりょう》に、意志の強そうな口元。だがそこには穏やかな笑みが浮かんでいる。

「――――」

男が視線に気づいたのか、こちらを見た。ルゼと目が合うと、にこりと笑う。その瞬間に心臓が跳ね上がったような気がした。

「ねえねえ、目が合ったわ！　笑ってくれた！」

プリシラの弾んだ声にはっとなる。そうだ、きっと彼は姉のほうを見ていたのだ。自分を見ていたなどとそんなことがあるはずがないのにと、ルゼは気恥ずかしくなる。

（でも、人間なら）

エルフの里では、ルゼのことはきっと誰も愛してはくれないだろう。闇の魔法使いサイラスの祝福を受けてしまったルゼは、里の中では穢《けが》れた存在として認識されている。ルゼが王の子だからあからさまな態度を取られたりはしていないが、プリシラ以外は皆ルゼを避けるようにしていた。

「あの人、いつまでいるのかな」

ぽつりと呟いたルゼに、プリシラはからかうような目を向ける。

「なあに、ルゼがそんなこと言うのめずらしいじゃない」

「あっ…、それは……、人間が里に来るなんてめずらしいから」

「彼、魔道の実験に来たみたい。ここだとおもしろい魔法生物が作れるからって。だから賢者様の屋敷の北の離れにいるみたいよ。いつまでかは知らないわ」

　プリシラはちゃっかりそんな情報まで仕入れていた。

「会いに行ってみたら？」

「里の外の者と深く関わるのは禁止されています」

　エルフの里は排他的なところがあり、普段はこの里も外部からの侵入者を歓迎していない。アドルファスのような者は、ごく例外だ。

「でも、あなたは外の人と仲良くなったほうがいいと思うの」

「……」

　ルゼが口を噤むと、プリシラははっとしたような表情を浮かべた。

「ごめんね」

「いいんです。姉上の言う通りかもしれません」

　おそらく自分は里から出ていったほうがいいのだ。だが、行くところすらない。長老とアドルファスが行ってしまったので、ルゼとプリシラも城に戻った。だがルゼの頭の中には、あの大魔法使いの姿がずっとあった。

　どこから来たのだろう。どうやってあそこまで魔法を習得したのだろうか。

どんな声で、どんなしゃべり方をするのだろうか。

ルゼは次の日、賢者の屋敷の北の離れまで行ってみた。魔法使いの工房として使われることの多いその建物は、さほど大きくはないが地下にも部屋があり、家の裏に薬草などを栽培するための畑もあった。

窓からそっとのぞいてみたが、アドルファスの姿は見えない。どこかに出かけているのだろうか。ルゼは気落ちしている自分に気づき、そのことに驚いた。

(ただちょっと気になっただけだ。そんなに興味があるわけじゃない)

自分に言い訳をしつつも、戻ろうとルゼは踵《きびす》を返す。すると次の瞬間、誰かにどん、とぶつかった。

「わっ」

「おっと」

衝撃によろめいた時、腕を掴まれる感覚がして、驚いて顔を上げる。

「大丈夫かい?」

そこには、昨日の赤い髪をした大魔法使いがいた。

「すまない、ちょっと散歩に出ていてね。――僕に用かな?」

「……あ」

低く甘い柔らかな声だった。包み込まれるようなその響きに、思わず聞き入ってしまいそうになる。

「昨日、僕のことを見ていたよね。女の子と一緒に」

アドルファスは少し首を傾げるようにしてルゼに話しかけた。昨日盗み見るようなことをしてしまったことに、思わず赤面してしまう。

「ごめんなさい」

「謝ることはない。いいんだよ。この里に人間が来るのはめずらしいことなんだろう？」

「……はい」

「僕はアドルファス。君は？」

「……ルゼルディア。昨日一緒にいたのは姉で、彼女は俺のことをルゼと呼びます」

「ルゼ。可愛い呼び名だ。僕もそう呼んでいい？」

「は、はい」

アドルファスは近くで見ると本当に男ぶりのいい人間だった。腕のいい職人が精魂こめて作り上げた彫像のように男性的な美しさを誇っている。ルゼはこんな人間を見たのは初めてだった。

「せっかく来てくれたんだ。お茶でもどうかな」

「いや、でも、邪魔になるといけないので」

遠慮したルゼが首を振ると、アドルファスは困ったように微笑む。

「邪魔なんかじゃないよ。というか、できれば一緒にお茶を飲んで欲しい」

「え？」

「せっかく近くに来てくれた可愛いエルフの子との邂逅《かいこう》を逃したくない」

「――――」

そんなことを言われたのは初めてで、どう答えたらいいのかわからなかった。顔も頭も熱くなってしまう。

「沈黙は肯定ととるよ。さあ」

背中を押されて促され、ルゼは離れの中に入った。この中に入るのは初めてだった。とはいっても、そこは特に普通の家と変わりない。ただアドルファスが持ってきたのだろうと思われる私物がそこかしこに置かれていた。

「そこに座って。とっておきのハーブティーを淹《い》れてあげよう」

ルゼは示された窓際の椅子に腰を下ろす。柔らかなクッションが効いたそれは、とても座り心地がよかった。

やがてアドルファスがカップを持って戻ってくる。湯気の立った温かいお茶は、微かに甘い匂いがした。口をつけると、これまで飲んだことのないお茶の味がする。

「おいしい」

「それならよかった。僕がブレンドしたお茶だよ」

「アドルファス…は、いつもこんなふうにあちこちを旅して回ってるんですか」

ルゼが訪ねると、彼は穏やかに笑って言った。

「普通に、友達に対するように話してくれていいよ。僕に敬語はいらない」

彼の言葉に、ルゼは少し困ってしまう。

「友達は、いないんだ。俺は生まれた時にサイラスの祝福を受けたから」

王の子として生まれていなければ、今頃ちゃんと生きていたかどうかもわからない。苦笑しながらそんなふうに言った。アドルファスは呆れるかもしれない。それか、同じ魔法使いの彼ならば、サイラスの祝福を受けるということがどういうことなのかわかるだろう。

もう二度とこんなふうにお茶を出してくれることもないかもしれないな。

だがアドルファスの答えは、そのどれとも違っていた。

「それなら、僕が最初の友達か」

「……え」

「光栄だよ。こんな可愛い子の友達になれるなんて」

今ならば、口がうまいな、と感じたかもしれない。だがその時のルゼは、金色の瞳を見開いて、ぽかんとして彼を見つめた。

「嫌かな?」

「あっ……、ううん、そんなことない」

慌てて首を振ったルゼは、心臓がどきどきと走り出すのを感じる。彼を初めて見た時と同じだ。友達って、こんなふうに胸がドキドキとするものなんだっけ。

「そう、最初の質問だ。そうだね、ここ十年くらいは色々と世界を回ったりしているよ。けど、ここを出たらもうそろそろひとつところに落ち着こうかと思っている」

そうだ、彼はずっとここにいるわけじゃない。いずれ時が来たら出て行ってしまう。

(でもそれまでは友達でいてくれる)

ルゼはせめてその時間を大事にしようと思った。それまで、彼のことを少しでも知りたい。

「ルゼは魔法は?」

君は魔法は使えるのかと聞いているのだ。

「俺は魔法はあんまり。弓のほうが得意だ」

「そうか。エルフは器用で弓が得意だと聞くからね」

サイラスの祝福を受けているから、魔法が得意だと『やはり闇の魔法使いの影響を受けている』と言われるのが嫌だった。だからルゼは弓の練習を必死でやった。そのおかげか、今では兄姉の中でも一番の使い手になれたと思っている。

「逆に僕は、これしかできなかった」

魔法使いは生まれついての才能が九割以上を占める。

「子供の頃はうまく魔力が制御できなくて、ずいぶんと苦労もしたよ」

才能ある魔法使いは多かれ少なかれ皆そうだと聞く。その間に周りに忌避《きひ》され、人を遠ざけたりするのだ。その最たる者がサイラスなのだろう。

「まあ、とは言っても僕は楽観的な性格だったからな」

アドルファスはそう言って、どこか遠くのほうを見た。

不思議な人だ、とルゼは思う。

魔法使いには皆似たようなところがあるが、彼はどこかつかみ所がなくて、本音のようなものが見えない。けれどルゼは、この男のことをもっと知りたいと思った。そんなふうに感じた人間は初めてだった。

「あの、この里には、研究で？」

「そう。ちょっとした実験をしたくてね」

「実験？」

「この家の地下の工房を貸してもらった。面白いものが作れそうだよ」

「どんな実験？」

「それはまだ内緒だ」

アドルファスは悪戯っぽく笑った。こういうところはやはり魔法使いだ。彼らは自分の魔法を簡単に明かしたりはしない。

アドルファスの元を辞して、王宮の自室に帰っても、ルゼはしばらく彼のことが頭から離れなかった。外から来た人間の男。彼はルゼのことを知らない。だから祝福がどうのと気にされない。

そしてルゼに優しくしてくれた。友達だとも言ってくれた。それに彼の声を聞いていると心地よくて、ずっと一緒にいたいとさえ思ってしまう。

「――っ、何変なことを考えているんだ」

アドルファスはいずれここから出て行く。そんな男に必要以上に関心を持ったらいけない。けれど一度動いてしまった心を抑えることは難しかった。ルゼはそれから何度かアドルファスの元を訪れ、他愛のない話をした。言葉を交わすごとに、彼に惹きつけられている自分に気づく。そしてある日、いつものように離れの家でお茶を飲みながら話をしていると、ふいに地下から異音が聞こえてきた。

「……？」

階下から振動とともに聞こえる、何か水音のような、泥が跳ねているような音。

「ああ、ちょっとごめん」

アドルファスが席を立って地下へ続く階段を降りていく。そしてすぐに魔法を使用した気配が伝わってきた。ルゼは階段の降り口に立って様子を窺《うかが》っていたが、アドルファスが戻ってくる足音が聞こえて慌ててテーブルの席に座る。

「やあ、すまない」

「どうしたんだ？」

「実験生物が下でちょっと暴れていてね。すぐ大人しくさせたけど」

ルゼの怪訝《けげん》そうな顔を見て、彼は笑って言った。

「心配ない。たいして危険じゃないよ。――お茶のおかわりはどうかな？」

そう言ってアドルファスが話題を変えてきたので、ルゼの意識は階下から離れてしまった。


その数日後、ルゼがアドルファスの元を訪れると、彼は不在だった。

（留守か――、まあ、約束して来たわけじゃないからな）

少々がっかりしたルゼは、今日のところは帰ろうと踵を返そうとする。その時だった。足下から、微かな振動が伝わってくる。

「……？」

これと同じ振動を、先日ここに来た時に感じた。アドルファスはこの家の地下に魔法生物を飼っているらしい。

（いったいどんなものなんだろう）

ルゼの中で急速に好奇心が湧き上がった。アドルファスのような魔法使いはどんな研究をしているのか。それを知ることが、彼を知る近道のような気がした。

「……」

ルゼがドアの把手《とって》に手をかけると、それは誘い込むように開いた。いつもお茶を飲んで話している居間はしん、としている。その中で、地下へ降りる階段の入り口だけがどこか異様な空気を纏っていた。耳を澄ますと、微かに水音のようなものが聞こえる。

ルゼはゆっくりと階段を降りていった。下るごとに水音と、何かがしゅるしゅると擦れるような音がする。危険だろうか、と思ったが、遠くから少しだけ見て戻ってくればいい。そんなふうに思って、ルゼは足を進めた。やがて階段を降りきり、件《くだん》の部屋の中を覗き込んだ時。

部屋の中央に、巨大な樹木のような影があった。

（木……!?）

だが、それがただの木であるはずがなかった。よく見ると幹に当たる部分がゆっくりと脈動しているのがわかる。薄暗い部屋の中で、それは青白く発光しているようにも見えた。

「これが、魔法生物か。いや、生物と植物の融合物……？」

ルゼは魔道に関してはそれほど詳しくはないが、生物と植物をかけ合わせたものを造り出すのは非常に難しいと聞く。だが、アドルファスほどの魔法使いならそれが出来るのだろう。

魔法生物――いや、植物は、天井いっぱいに枝を広げ、ルゼに影を落としていた。

「なるほど、これがアドルファスの研究か」

それがなんとなく不気味で、早々に退散しようとし、ルゼは踵を返す。階段に向かおうとした時、足首に何かが巻きついて、危うく転びそうになった。

「な――…？」

見ると、足首に細い蔦《つた》のようなものが巻かれている。それが背後にある樹木から伸びているのだと知った瞬間、そこから無数の触手が伸びてきた。腕に、脚に、胴に巻きついたそれは、ルゼの自由を拘束しようとする。

「な、何、や…っ！」

振り解《ほど》こうと暴れるが、触手はびくともしない。そうこうしているうちに、ルゼの身体は宙に持ち上げられてしまった。

――――何を。まさか、捕食するつもりか。

背筋に恐怖が走る。だがルゼの身に起こったことは、もっと屈辱的なことだった。

「ひっ！」

触手が服の中に忍び込んできて、肌をじかに撫で回してくる。そのくすぐったいようなおぞましい感覚に、思わず身体が跳ねた。触手はルゼの肢体を這い回りながらも器用に服を脱がしてくる。

「な、何をするっ…！　やめろ、やめっ……！」

抵抗しようにも、手脚の自由を奪われている状態ではどうにもならなかった。触手はルゼの身体の柔らかい部分、そして感覚の鋭い部分を狙って集まってくる。

「や…っ、あっ、あっ、んん……っ！」

経験したことのない刺激を与えられ、ルゼは思わず身を捩《よじ》った。

（こいつ、まさか……）

自分を犯そうとしているのではないか。ルゼはそんな考えに思い当たって戦慄《せんりつ》した。

そう言えば聞いたことがある。魔物の中には、捕らえた者を犯し、その体液を吸う習性があるものがいると。アドルファスが造り出していたのは、そんなモノだったのか。

「い、嫌、だっ、いやっ…！」

ルゼはこれまで誰とも肌を合わせたことがない。この里の中でそんな相手が見つかるかどうか疑問だが、だからといってこんなモノが相手なのはあまりに口惜《くちお》しかった。けれどそんなルゼの思いなどお構いなく、触手はどんどん際どいところへ伸びてくる。床の上に下肢の衣服が落ちていくのが見えた。無防備な部分が、ぐい、と大きく開かれる。

「んんぁあっ⁉」

露《あら》わになった股間の肉茎に、細い触手がいくつも巻きついてくる。それぞれが勝手に上下に動いたり、緩急をつけて締め上げたり、あるいは鋭敏《えいびん》な先端に吸いついてきた。

「あ、ア…っ、あ、は、はうう…っ」

脳を直接刺激されるような、強烈な快感が下半身を襲う。触手達はいつのまにかその表面を粘液で濡らし、くちゅくちゅと卑猥な音を股間で響かせていた。根元を締め上げられ、先端をくすぐられると、腰に痙攣《けいれん》が走る。

「ああっ、あ〰〰っ」

勝手に漏れる声は止めようがなかった。その間にも別の触手が身体中を這い回り、胸の上の突起に狙いを定める。少しの刺激で簡単に勃ち上がるそれは、舌のような先端を持つ触手に舐《な》め上げられてたちまち固くなった。

「ああ、や、だ、それっ…！」

ルゼは触手に持ち上げられたまま宙で身を捩る。動いた拍子に内股に愛液が伝うのがわかった。そして先を争うようにして、触手達がそれを舐めていく。脇腹、そして腋《わき》の下まで触手に舐めしゃぶられ、異様な快感に全身が震えた。

「ああ、あう、あっ、あっ、あああぁあ…っ」

くすぐったさと快感と屈辱、それらが混ざり合って、奇妙な興奮がルゼを支配していく。嫌なのに、身体はもっともっとと求めてしまう。相反する感覚に啜り泣きが漏れた。

「ふあ、あっ、も、だめっ、んぁっあっ、んん――〰〰っ」

がくがくと腰を振り立てながら、ルゼは絶頂に達する。先端からびゅくびゅくと噴き上がる白蜜に触手達が群がった。もっと寄越せとばかりに、小さな蜜口に吸いついていく。

「ひぃ――〰〰っ」

達したばかりの過敏なものにそんなことをされて、ルゼの背中が大きく仰《の》け反《ぞ》った。その背中まで舐め上げられる。

「あっあっ、やあぁぁあ…っあっ！」

もはや身体中が快感に支配されていた。あらゆるところを同時に責められ、どうしていいのかわからない。そして触手達は、まだ犯していない最奥の部分にその先端を忍ばせ、ひくひくと蠢く後孔の入り口を優しく撫でた。

「んあぁ～っ」

そこは。そこは嫌だ。中に這入《はい》って来られるのだけは。

体内に侵入されるのを嫌がって腰を振るも、拘束がよけいにきつくなっただけだった。ルゼの後ろは濡れた先端で舐め上げられ、その刺激にひっきりなしに収縮を繰り返す。粘液を中に押し込まれるようにされると、肉洞がじくじくと甘く痺れた。

「あう、あうぅう…っ、やだ、だめ、だめ……っ」

もう挿れられてしまう。身体もそれを拒めない。絶望にきつく目を閉じた時だった。

「――――おや？　何事かと思ったら」

その場にそぐわないような、鷹揚《おうよう》とした声が響く。

「なにやら興味深いことになっているね」

「ア、アドルファス……っ」

アドルファスがそこに立っていた。戻ってきたのだ。助かった、とルゼの胸に安堵の思いが広がる。

「た、助けてくれ、助けて…っ」

「ふむ」

必死で訴えるルゼだったが、アドルファスは助けようとする素振りも見せず、興味深く見上げるだけだった。

「攻撃性は見られない。対象に効率よく快楽を与え、体液を採取しようとしている……」

「ア、ドルファスっ、あっ、あっ」

その間も触手の愛撫は止まらず、ルゼは羞恥《しゅうち》に肌を染めて声を漏らす。

「何を、して……っ」

「ルゼ、君は勝手にこの部屋に降り、『これ』を見ようとしたね？」

彼の声には怒気は感じられない。だが、ルゼにはそれがひどく恐ろしく感じられた。

「す、すまない。少し見ようとしただけなんだ。どうしても気になって、それで……っ」

まるで叱られた子供のように首を振って哀願するルゼに、彼は穏やかに続ける。

「怒っているわけじゃないよ。僕は地下に降りるなと君に忠告するのを怠《おこた》った。これは僕の過失でもある」

アドルファスの声は、この状況を楽しんでいるような響きがあった。

「だが、せっかくだから、もう少し続けてみてもいいかな？」

「な、何を……っ」

「実はこの生物は、僕の小遣い稼ぎに役に立ってもらおうと思っていてね。快楽を求める退屈にまみれた人間達というのは、割にいるんだよ」

つまりこの触手の生物は、これを使って淫らな快楽に耽《ふけ》ろうとしたり、逆に今のルゼのような目に遭う哀れな性奴隷達のために使われるもののようだ。アドルファスはこれを人為的に創り出し、それを求める彼らに売ろうとしている。

「そんな、愚かなっ…、それじゃ、サイラスとたいして変わらないじゃないか……っ」

「そうだよ」

アドルファスは指を軽く慣らした。すると触手がその音に反応したように、ルゼを彼の目の前まで降ろす。アドルファスの手がルゼの濡れた頬に触れた。

「サイラスがあんまりやんちゃするもんだから、まるで僕がいい魔法使いみたいに言われているけどね――――。僕は別にそんなつもりはない。魔法の系統の違いはあれど、僕は彼のように領土を広げることに関心がないだけだよ。だって面倒じゃないか」

端整な顔ににこり、と微笑みが浮かぶ。

「それよりは、君のような綺麗で可愛い子に悪戯をして泣かせたい。そのほうが楽しいよ」

「こ、のっ…！」

ルゼはその時初めて、アドルファスの本性を見たような気がした。彼は立派な魔法使いなんかじゃない。自分の関心事でしか動かない、傲慢《ごうまん》な魔法使いだ。

「さあ、もっと素敵な姿を見せてくれ。君は可愛いよ、ルゼルディア」

彼がそう言うと、ルゼの後孔で蠢いていた触手達が、中に這入ろうと肉環をこじ開けてくる。

ルゼは必死で抗った。

「い、いやだ、いやっ、挿れないでっ……！」

「ん？　もしかして初めてだったかな？　誰ともまぐわったことがない？」

「な、ないっ」

ルゼは強くかぶりを振る。銀色の髪が散って顔に乱れかかった。

「…そうか」

気のせいだろうか。その時、アドルファスは少し嬉しそうだった。

「それなら、挿れるのはなしにしてあげよう。そのかわり、たくさん達してもらうよ」

「え…っ、あっ、あんっ、あぁぁあっ」

アドルファスの言葉の通り、中に這入ろうとする触手の動きは止まった。だがその変わり、窄《すぼ》まりを舐めしゃぶってくる。ずくずくと疼く快楽に貫かれてルゼは喉を反らした。そして別の触手にも身体中を愛撫され、震えが止まらなくなる。

「ひ…っ、ああ――～～～…っ」

何度イっても、アドルファスはなかなか触手から解放してくれなかった。ルゼは彼の目の前で触手に嬲られ、快感に耐えきれずに何度も達する。

どのくらい時間が経っただろうか。ようやっと許された時、ルゼはできるだけ早く地下室から逃げようとした。心ゆくまでルゼが嬲られる様を堪能したアドルファスが、身体を清めてあげようとほんの少しいなくなった隙をついて、ルゼはそこから飛び出したのだ。

そこから先はどうやって城に戻ったのか覚えていない。ふと気がついた時には、湯殿の中で膝を抱えていた。泣きすぎて目元が赤く染まっている。

「ひどい……」

わかっている。こちらが勝手に期待して、勝手な理想を押しつけていただけだ。アドルファスはきっとそんなルゼのことを見抜いて、怒っていたのだろう。

だがそれが、こんな仕打ちを受けるほどだろうか。

ルゼはそれからというもの、アドルファスのところには行かなかった。彼もまた特にルゼに働きかけるということもなく、そのうち、彼がこの里を出て行ったらしい、という話が耳に入る。

「よかったの？」

「何がですか」

「よく訪ねていってたじゃない。喧嘩でもしたの？」

「別に、そういうのじゃありませんから」

プリシラの問いかけに、ルゼは素っ気なく返す。彼女は何かを感じ取ったのか、それ以上は踏み込んでこなかった。

そうして彼のことは忘れようとして、月日だけが過ぎていった。

それなのに今、こうしてベッドの上で舌を絡み合わせている。ルゼは情けない気持ちでいっぱいだった。けれど淫紋の作用は強烈で、抱いてくれるという腕を拒むことができない。

「……嫌われたのかと思ったよ」

その問いに答えることは今は難しかった。頭と身体が沸騰するように興奮していて、うまく言葉が綴れそうにない。

アドルファスの器用な手に衣服をするすると脱がされていく。下腹の淫紋に触れられたとき、ビクン、と腰が浮いた。

「あっ、んんっ！」

腹の中が疼く。熱く逞しいものを、ルゼの内部が欲していた。肉洞がきゅうきゅうとうねり、肉環が何度も固く窄まる。

「どうやら今すぐに魔力を注いで中和しないと飢えて死んでしまいそうだね」

「あ、んぁあっ……！」

両膝を大きく開かれ、最奥の場所を露わにされた。羞恥ともどかしさで本当におかしくなりそうだ。

ルゼの後孔は淫紋の作用により熱く濡れていた。早く男を受け入れたくて、はしたなくヒクついている。

「ルゼはまだ……誰とも寝ていないか？」

「な、いっ……、そんなの、いるわけない…っ！」

この身体を抱きしめてくれる者などあそこにいるわけがないのだ。それなのに触手なんかで嬲られて、だからあの時よけいに傷ついてしまったのかもしれない。

「そうか、わかった」

アドルファスはローブを落とし、その下の衣服も脱いだ。魔法使いとは思えないほどにしっかりと筋肉ののった、美しい彫像のような肉体をしている。その力強さにルゼは思わず見惚れた。そして下肢の衣服から彼のものが引きずり出された時には、息を呑んでしまった。長さも太さも充分すぎるほどの質量があり、その幹には血管が浮き出ている。目の前の男根の猛々《たけだけ》しさにルゼは我知らず喘いでしまった。こんなものを挿れられたら、どうなってしまうのか。

アドルファスのものを目の当たりにしてしまったせいで、ルゼの腹奥がひくひくと蠢く。誰とも寝たことがないくせに、早くこれを中に入れたくて仕方がなかった。これが呪いだ。おそろしく淫らな呪い。

「君の中に挿入《はい》るのはこれが初めてというわけだ」

「ふ、うっ！」

わななく肉洞に男の先端が宛がわれる。その瞬間、下腹部が痙攣するようにうねった。

「いくぞ。しっかり味わうといい」

じゅく、と先端が肉環の中に埋まる。

「うあ、あ…っ」

ゆっくりと体内に埋まっていく男根に、背中にぞくぞくと官能の波が這い上がってきた。あんなに大きいものを挿れられているというのに、少しも痛くない。

「ひ、あ、あ…っ」

「……つらくはないようだね」

アドルファスが長いため息をついた。彼もまたルゼの中で快楽を得ているのだろうか。

「じゃあ、動くよ」

「んんっ、あっ！」

彼が腰を引いたと思った瞬間、すぐにまた深く沈められた。

「くう――〜〜〜…っ」

全身に鳥肌が立つ。拙い自分の指などとは比べものにならないほどの快感だった。これが欲しかったのだと、身体の奥から喜悦が込み上げてくる。ルゼはいとも容易《たやす》く追い上げられ、すぐに達してしまった。

「あっ、あ！　んあぁあぁぁっ」

勝手に腰が蠢き、股間のものから白蜜が弾ける。がくがくと身体中をわななかせながら内部のアドルファスを締めつけた。

「……っ、ふふ、すぐにイってしまったね」

「っ、あっ、あ…っ」

一度極めてもぜんぜん足りなかった。むしろ今のが呼び水となってしまったようで、ルゼの肉体はますます切なくなる。

「ああっ、な、なんで…っ」

「限界まで我慢していたんだ。僕がこの中に何度も魔力を注がなければ、今の状態は治まらない」

そんなふうに言われ、ルゼは泣きそうに顔を歪めてアドルファスを見上げた。すると彼はふっと表情を緩め、ルゼの乱れた前髪をかき上げてくる。

「大丈夫だ。たっぷりと注いであげよう」

「――んんうう…っ！」

ずうん、と中を突かれ、痺れるような快感が込み上げる。そのまま断続的に貫かれて、ルゼの喉からあられもない声が漏れた。アドルファスの下で快楽に悶え、銀の髪をシーツに散らす。

褐色の肌に汗が浮かび、艶めかしくうねる様にアドルファスがうっとりと囁《ささや》いた。

「君は本当に美しいね、ルゼルディア……、忌々しいはずの淫紋でさえ君に似合うよ」

「はああっ、あっ、や、触らな…でっ……！」

　下腹の淫紋をそっと撫でられると、高い声が上がってしまうほどに感じてしまう。仰け反った胸の上で勃ち上がる乳首を舐められ、舌先で転がされて、そこから甘い痺れが広がっていった。

「あ、あんっ、う、ふうっ、そ、こ……っ」

　中を突かれながら乳首をしゃぶられると、どうしていいかわからなくなる。けれど身体が熔《と》けそうなほどに気持ちがよくて、ルゼは恍惚《こうこつ》とした表情を浮かべた。ひくひくとうねる肉洞が男のものに絡みつき、奥へ奥へと誘い込む。

「さあ、僕の魔力を受け取ってくれ」

「ああ……っ、おく、に、欲し…っ！」

　何を口走っているのかわからないまま、ルゼは我を忘れて喘いだ。アドルファスの律動が速くなり、ほどなくして内奥に熱いものが叩きつけられる。

「んん、あっ！　は、ああぁあ…っ！」

　腹の中に精を注がれるのがとてつもなく気持ちがよかった。他人の魔力が体内を巡る感覚も、こんな愉悦を伴うものなんだろうか。

「ん、ふ…っ、んぅ」

　口を塞がれ、舌をしゃぶられる。まだ身体が痺れていて、濃厚な口吸いに思考も熔けていっ

てしまいそうだった。アドルファスはまだルゼの中にいて、どくどくと脈打っている。

「もっと欲しいだろう?」

ゆるゆると腰を揺すられると、腹の奥からまた快感が込み上げてきた。彼の男根に絡みついた媚肉がひくひくと震える。

「ふう…ああ…っ」

「ルゼの中は、素晴らしい…、熱くて、きつくて、熔けてしまいそうだよ」

アドルファスがゆっくりと腰を使う毎《ごと》に、繋ぎ目からくちゅくちゅという音が聞こえてくる。中に出されたものを彼のもので攪拌《かくはん》され、卑猥な響きを漏らしているのだ。

「あう、うっ……」

「気持ちいい?」

優しく囁かれて、ルゼは思わず何度も頷く。だが彼はそれでは気が済まないらしい。

「ちゃんと口に出して言ってくれ。これからはしている時はいやらしい言葉を使うんだよ」

「……っ、きもち、いい…っ」

淫らな命令に内奥がきゅうきゅうとわななないた。卑猥な言葉を垂れ流すと、自分でも高まってしまう。理性がぐずぐずになってしまっているのを自覚した。

「いい子だね」

褒められると嬉しいと思ってしまう。アドルファスはそんなルゼの片脚を抱え上げ、下半身が交差するような体位になった。貫かれる角度が変わり、またより深く受け入れてしまって、ルゼは強烈な快感に襲われる。

「あぁんあっ……！」

「今度はもっと奥までいくよ」

「あ、あっ！　だ、だめ、あっ、あっ！」

一突きされる度に、彼のものが少しずつ、より奥のほうへと侵入してきた。

その快楽の強さが怖くて、ルゼは力の入らない腕でシーツをかき毟《むし》る。身体の奥のほうでぶわっ、と快感が膨れ上がり、何もかも乗っ取られそうになる。

脚の間のものは腹につきそうなほどに反り返り、先端から愛液を滴らせていた。

「逃げたら駄目じゃないか」

太股を指が食い込むほどに強く掴まれ、ぐりっ、と中を抉《えぐ》られる。

「んあぁぁあっ」

身体の中にいくつか、そこを擦るとおかしくなりそうなほど感じる場所があって、アドルファスは正確にその場所を突いてきた。

「ふあっ…、アっ…、んんあぁうう」

ルゼはもうずっと、蕩《とろ》けそうな声で泣かされている。アドルファスに抱えられて頼りなく宙に投げ出された足の爪先が快楽のあまり内側にぎゅうっと丸まったり、あるいは開ききっていたりしていた。

「ああっ…、い、い…っ、そこぉ…っ」

「ここ?」

たまらない場所を先端でこねられ、頭が真っ白になる。

「あっ、あ――っ、い、いっ…くう…っ!」

ルゼのものは先端からとろとろと白く濁った蜜液を流していた。さっきから、達しているのかそうでないのか自分でもよくわからないのだ。

「あっ…はあっ…はあっ……」

アドルファスはゆっくりと腰を動かしていた。その度に、中に放った彼の精が攪拌され、ぐぽぐぽと音がする。耳を覆いたくなるような卑猥な音だ。

「お、と、いやだ…っ、やらしい……っ」

「ルゼが僕のことを一生懸命食べている音だよ。可愛いね」

「あ…っ、あ――――…っ」

どちゅん、と突き入れられ、先端でぐりぐりと奥を捏《こ》ねられる。そうされると腹の中が甘く痺れた。快感がじゅわじゅわと広がっていく。

「ああっそれっ、それっ、いっ、イくっ」

ルゼは正気を失って快楽を訴え、無意識に腰を揺らした。媚肉を小刻みに擦られてしまって、下肢を痙攣させながら達してしまう。反り返った肉茎から白蜜がぴゅるぴゅると弾けた。

「あ、あう――…っ、き、きもち、いっ…！」

イく度に頭の中が霞がかって、何も考えられなくなる。これはきっと淫紋の作用だ。そうに違いない。

「ルゼの中、とてもいいよ。熱くて、情熱的で、とてもいやらしい。こんなに興奮する目合《まぐわ》いはどれくらいぶりかわからないよ」

アドルファスのものが肉洞の中でどくどくと脈打っていた。ひくひくと締めつける度に、彼の凶悪なものの形がわかる。その感触にひどく昂《たか》ぶった。

「あっ、あ、おっ…きい……っ」

「ふふ、褒めていただいて光栄だ」

彼の男根がずるずると入り口近くまで引き抜かれる。もう少しで抜けてしまう、と思った時、いきなり最奥までどちゅん！　と突き上げられた。

「んあぁあぁあっ」

「ルゼ…っ、可愛いね、可愛い……」

「あっ、ひっ、んんあっ、あはぁあっ！」

容赦のないアドルファスの律動にルゼは悲鳴のような嬌声を上げる。シーツを握りしめて耐えようにも、指に力が入らない。おまけにアドルファスの指が、ルゼの肉茎に絡みついて扱き立ててきた。

「ああんんっ！　い、いっしょは、だめ、だめぇぇ……っ」

前と後ろを同時に責められると、頭が灼《や》き切れそうになる。おかしくなりそうな快感に口の端から唾液が零れて伝った。びくん、びくん、と下腹が波打つ。

「……っルゼ、出すよ…っ」

「ふ、あ！」

体内でアドルファスのものがどくん、とわなないた。次の瞬間に彼の精がしたたかに内壁に叩きつけられ、ルゼは強烈な絶頂に道連れにされる。アドルファスの魔力が体内を満たしていった。

「あっあ、んあぁぁあっ、〰〰〰〰っ！」

何も考えられなくなる極みに背中を仰け反らし、銀色の髪がシーツに波打つ。手足がじんじんと痺れるのを感じながら、ルゼの意識はゆっくりと泥の中に沈んでいった。

目を覚ました時、ルゼは見覚えのない部屋のベッドに横たわっていた。

（……ああ、そうかここは――――）

エルフの里ではない。そこから遠く離れた、アドルファスの屋敷だ。

広いベッドの中にはルゼ一人だった。アドルファスの姿はない。手脚を伸ばしてみると、腹の中に軽い違和感があった。まだ何かが入っているような感覚。だが、淫紋がもたらす耐えがたい発情の気配は消え去っている。あれだけ苦しんだ疼きがないというだけでひどく楽になっていた。アドルファスのおかげだ。

「ふう……」

ルゼは上体を起こした。少し重い感じがする。昨夜の痴態を思えば、さもあらんといった感じだ。最後のほうはよく覚えていないが、相当にはしたない姿を見せてしまっただろう。

（呆れられてしまったかもしれない）

そもそも、アドルファスにはルゼを助ける理由がない。彼は自分とルゼの仲だと言っていたが、自分達は恋人同士でもない。

その時、部屋の扉が静かに開く音がした。

「――起きたかい？」

アドルファスがこちらを覗き込んでいる。

「身体は？」

「だい、ぶ楽になった……。大丈夫だ」

「そうか。よかった」

彼はにこり、とルゼに微笑みかけてきた。

「昨夜ざっと綺麗にしておいたけど、ちゃんと身体を洗ったほうがいい。風呂に案内するよ。おいで」

そう言って彼が手招きするので、ルゼは慌てて枕元の長衣をひっかけてベッドを降りた。一瞬膝がふらつきそうになるが、なんとか耐える。

「大丈夫？」

「平気だ」

平静を装って答える。アドルファスは廊下を進み、階段を降りると右に折れた。さらに少し行った先にある扉を開けると、石畳が敷き詰められていた。湯音が聞こえてくる。

「裏の山から温泉を引いているんだ。ゆっくりあたたまるといいよ」

目の前には石で作られた湯舟があり、壁に開けられた穴から豊富な湯が注ぎ込まれていた。

その光景を見て、ルゼは瞠目する。

「エルフは風呂好きなんだろう？」

アドルファスの声にこくこくと頷いた。エルフの里は水が豊富で、水浴びもしょっちゅうするし温泉の源泉もある。体液で濡れた身体を洗えるのはありがたかった。

「ゆっくり入っておいで。上がったら食堂に来るといい。食事にしよう」

「……ありがとう」

ルゼが礼を述べると、アドルファスはひらひらと手を振って出て行った。裸になったルゼは近くにあった桶で湯を汲み、何度か身体にかける。湯は適温になっていた。身体を洗い終えると足先を湯につけてみた。こちらも熱すぎるということはないようだ。そっと身体を沈めると、全身が心地よさに包まれる。

「ふう……」

生き返った気分だった。ルゼは湯の中で手脚を大きく伸ばす。ふと自分の下腹に目を落とすと、そこには相変わらず淫紋が刻まれていた。今は治まってはいるが、いずれまた発作が起こるだろう。

（そうしたら、また）

昨夜の行為の記憶が一気に甦《よみがえ》ってきて、ルゼは恥ずかしさのあまり湯の中に潜った。

薄闇の中で、自分に覆い被さるアドルファスの姿を思い出す。均整のとれた美しい肉体。この身体を力強く貫いた逞しい熱の楔《くさび》。

――――どうしよう。

(思い出すと、どうしたらいいかわからなくなる)

肉体に心が引きずられてしまいそうだった。アドルファスが自分のことをどう思っているかなんてわからないのに。

(アドルファスはどうしてこんな厄介なことを引き受けたんだろう)

湯につかりながら、ルゼは今更そんなことを思う。昨日はそれを考える前に発作が来てしまい、流されるように抱かれてしまった。

これから彼と顔を合わせて食事をする。その時どんな顔をしていたらいいだろう。それを思うと出て行きにくかったが、いつまでも湯につかっているわけにはいかない。第一のぼせてしまう。

ルゼは観念して立ち上がると湯舟から出て身体を拭いた。気がつくと新しい着替えらしきものが用意されている。アドルファスが置いていったのだろうか。薄い水色のそれにおずおずと袖を通すと、さらりとした肌触りで気持ちがよかった。

「食堂って言ってたけど、場所聞いてなかったな」

さっき来た廊下を戻って階段のところに来ると、反対側からいい匂いがしてきた。辿っていくと、ドアの開いている部屋がある。おそらくそこが食堂だろう。

「お、来たね」

アドルファスが食事の用意をしていた。クリームシチューと、目玉焼きとハムの載ったパン、色鮮やかな果物などがテーブルに乗っている。それらを見ると、ルゼは自分の身体が急速に食物を欲しているのを感じた。

「座ってくれ。食べよう」

「あ、はい」

指し示された椅子に座ると、葡萄水《ぶどうすい》が並々と注がれたゴブレットが置かれる。いたれりつくせりだ。

「召し上がれ」

「……すまない。いただきます」

気取りのない料理だったが、どれも美味しかった。そう言えば、淫紋の発作でずっと食欲がなかったことを思い出す。ルゼはその分を取り戻すようにシチューもおかわりしてしまった。

「口に合うかな？」

「すごくおいしい」

「それならよかった。エルフの王子様にはもしかしたら気にいってもらえないかと思ったけど」

彼の言葉に、ルゼは口をつけていたゴブレットをテーブルに置いた。

「どうかな。俺は王子として認められていなかったかもしれない」

闇の魔法使いの祝福を受けてしまった者が王族として名を連ねているのは、両親や兄姉にとっては不名誉なことだったのかもしれない。姉のプリシラだけは優しくしてくれたが、彼女も他の家族とルゼを天秤にかければ、絶対にルゼ以外の家族のほうを選ぶだろう。

「でも、姉があなたに頼んでくれたことには感謝している。あのままだったら、俺はどうなっていたかわからない」

「おそらく早々に淫紋に食い尽くされ、衰弱死するか気が触れてやはり死ぬかしていただろうね。その呪いはそれほどに強い。プリシラが僕を選んだのは大正解だったよ」

「……」

ルゼは両手でゴブレットをぎゅっと握りしめる。自分のそんな行く末を想像すると、背筋が寒くなった。

「どうしてだ？」

「うん？」

「どうしてそんな、面倒くさいことを……。もしかしたら、サイラスに目をつけられて厄介なことになるかもしれないのに」

「まあそうだね。自分のかけた呪いに僕が干渉していることは、おそらく向こうにも知られているだろうな」

「それは」

「けどプリシラが君の窮状を知らせてくれたことを、僕は感謝している」

アドルファスはテーブルの上の赤い果実を手に取ると、そのまま無造作にがぶりと齧《かじ》りついた。思いのほか粗野な仕草なのに色気がある。昨夜のことを思い出してどきりとした。

「下心があるのは否定しないよ」

「あんなことがしたかったのか」

「知っていただろう？」

ルゼは唇を噛む。

「あんな亜生物に好きにさせたのは悪かったと思っている。けれど泣き喘ぐルゼの姿を見ていたら、どうにも興奮が治まらなくて」

「それ以上言うな！」

思わず声を荒げたルゼの前で、男はにやりと笑った。

「僕もまた魔法使いだ。道を究めるためには非人道的なこともする。ひどい男なのには変わりないよ。サイラスとは対照的な扱いをされているみたいだが、実のところさほどの違いはないかもしれない」

それはそうかもしれない。

アドルファスは人間だが、魔道を進むには人間という種であることを捨てなければならない。人の理《ことわり》から外れ、寿命を越えるには、人間のままではいられないからだ。それをあっさりと捨て去ることができるものでなければ、魔法の道は極められない。

「……あの時のことは、俺にも非がある。一方的にあなたを責めようとは思わない。けど」

あの時、自分がどんなに恥ずかしくて情けなかったか。

果たして彼に、そんなことを理解してもらえるのだろうか。

そんな内面の葛藤が伝わったのかわからないが、アドルファスはうっすらと柔和な笑みを浮かべた。

「いや、あれは僕の責任だよ」

「……」

「君に責があるとすれば、あれで決定的にしてしまったことかな」

「……何を」

「君に対して欲望を抱いてしまったことだよ、ルゼ」

「っ」

面と向かって告げられて、思わず息が詰まる。

「だから今回の件は渡りに船だった。君は僕に対して申し訳なく思うことなどないよ。このアドルファスの名にかけて淫紋の解呪を引き受けよう。――――君が耐えられればだが」

「耐える、とは」

「もちろん、僕に与えられる快楽に」

しゃり、っとアドルファスが赤い実に齧りつく。ルゼの鼓動が跳ね上がり、身体が昨夜のことを思い出したように熱くなった。これも淫紋の作用なのだろうか。

ルゼは死にたいとは思わない。気が触れるなどもっての他だ。だとしたら、目の前の男に賭けるしかない。

「わかってる。大丈夫だ」

膝の上で拳《こぶし》をぎゅっと握りしめた。

「どうか、よろしく頼む」

ルゼは目を伏せて男に言った。


「淫紋を見せて」

アドルファスに言われて、ルゼは衣服の前を開け、彼に身体を見せた。羞恥心に耐えるためにそっと横を向く。

陽が高いうちから彼の部屋に呼ばれた。壁一面の棚に詰められた本が、それでも置ききれずに床に積まれている。棚の上にも用途のよくわからない置物や道具が所狭しと並べられていた。

窓を覆う布が陽の光を遮っている。それでも鳥の声や昼の空気が、容赦なく部屋の中に忍び込んできていた。

アドルファスの視線がじっと下腹部に注がれるのがわかる。見られている部分がちりちりと熱を帯びているみたいだった。

「まだほとんど変わらないか。まあ、昨夜初めて魔力を注いだからな」

引き締まった褐色の下腹に白く刻まれた呪いの淫紋。その上に、男の長い指先がそっと這わされた。

「っ、ン」

「敏感なんだな」

「これ、も、淫紋のせい……?」

「どうかな。君の場合はもとからのような気もするけど。それが淫紋で底上げされてしまっているから、更に大変なことになっている」

「そんな……」

思っていたよりも深刻な事態だったことにルゼは眉を寄せる。だがそんなルゼの肩を、アドルファスが優しく引き寄せた。

「大丈夫だよ。僕に全部委《ゆだ》ねてくれ」

「……っ」

衣服をずらした肩口にちゅっ、ちゅっと口づけられ、はあっ、と甘いため息が漏れる。肉体がこの後のことを期待し始めていた。浅ましい。けれどこれは俺のせいではない。ルゼは自分にそう言い聞かせた。

「キスしてくれ」

「……」

ルゼはためらいながらもアドルファスの口に唇を押し当てた。ゆっくりと深く合わせられ、そこから舌先が差し入れられる。慣れないながらもそれを受け入れると、感じやすい口腔の中をじっくりと舐め回された。

「……っ、ん、あふ…う……っ」

ぴちゅ、くちゅ、という音が響くたびに。身体がぴくぴくと震えてしまう。頭の中がぼうっとなって、思考が鈍くなっていった。ルゼはいつしか夢中になって、自分から顔を傾けて彼と舌を絡め合う。

「……可愛いね」

「ん、ん…う……っ」

ベッドの上で向かい合って座り、腰を抱いていたアドルファスの手が胸元にするりと忍び込んできた。肌を撫で上げられると、勝手に反応して震えてしまう。

「昨日も思ったけど、ルゼの肌は本当に手触りがいい。掌《てのひら》にしっとりと吸いつくようで、それでいてすべすべしている」

褒められるのは何だか恥ずかしかった。何も言えずにいると、彼の親指の腹に胸の突起を捕らえられて転がされる。その途端、びくん、と背中が大きく跳ねた。

「ん、はっ！」

くりくりと転がされて鋭い刺激が生まれる。むずがゆいような、くすぐったいような感覚はまぎれもない快感だ。甘い痺れを伴うそれが我慢できない。

「や、はっ…、あ、あ、んんっ！」

「ここ、好き？」

人差し指の先でぴんぴんと弾かれるようにされて喉を反らせる。銀色の髪が揺れて垂れ下がった。弄《もてあそ》ばれる小さな突起は硬く尖って、ルゼが感じていることを示してしまう。

「あ、は、あぁ…あ、や、そこ、ああ…っ」

嬲られるごとにだんだんとたまらなくなってくる。淫紋の刻まれた下腹部が連動するようにずくずくと疼いた。

「あっ！」

ふいに視界がぐるりと回って、ルゼはシーツの上に押し倒されていた。弄《いじ》られてぷっくりと膨れた乳首を舌先でぬるん、と舐め上げられる。

「あふ、ああっ」

ぢゅうっ、と吸い上げられると、腰が抜けそうになった。

「こんないやらしい乳首を見ると、虐めたくなるよ」

「んあっ、あっ、あー…っ、ひ、あっ、や、や…ぁっ、噛ま、ない、で…えっ」

歯を立てられる時も優しくされているのだが、なんだか変になりそうで、ルゼは泣きそうな声でアドルファスに哀願する。だが彼は許してくれるどころか、ますます執拗《しつよう》に乳首を吸い上げてきた。乳暈ごと強くしゃぶったと思えば、今度は労るように優しく優しく舌先を這わせる。

甘く痺れるような快感に腰の痙攣が止まらない。

「あ、あ…んっ、ああっあっ…」

「どんな感じ？」

「ん…っ、き、きもち、いぃ……っ」

身体中の力が抜けて、とろとろと蕩けてしまいそうだった。脚の間のものはまだ触れられもしないのに勃ち上がり、先端を愛液でしとどに濡らしている。そこにも早く刺激が欲しくて腰をくねらせているのに、アドルファスは意地悪をしているのか、一向に触ってはくれなかった。

「ああ、やだ、した、も……っ」

とうとう耐えきれずに尻を浮かせてねだっても、彼はそこを愛撫してくれない。乳首への快感が下半身に下りてきて、なのに直接的な刺激は与えてくれないので、もどかしさが身体を駆け巡る。

「乳首で気持ちよくなったらこっちも触ってあげるよ」

「や、も、気持ち、いいから……っ」

「ここだけでイってごらん」

そんな、とルゼは濡れた目を見開く。けれど彼はお構いなしに、今度は反対の乳首を舌でねぶり始めた。背筋がぞくぞくとして震えながら腰を反らせてしまう。

「んんあぁんっ」

体内の熱が次第にせり上がってきた。乳首でなんかイけるはずがないと思っていたのに、腰の奥で快感が今にも爆発しそうになっている。

「あ、そん…な、あっあっ」

自分の身体の反応が恐ろしくなる。淫紋の作用だとわかっていても、頭の中が快楽で埋め尽くされてしまうのははしたないことだと思った。けれど、とまらない。

「あっ、あ！　あぁっあっ！」

ビクン、と身体が跳ねる。胸の先からじゅわあっ、と大きい波が広がって、それが腰に降りてきた時、体内で快感が弾けた。

「あぁぁあ――…っ、い、くっ、あぁんんっ…！」

反り返った肉茎から白蜜が噴き上がる。触られていないのに、何故《なぜ》かそこも途轍《とてつ》もなく気持ちがよかった。尻が浮き上がり、がくがくと振り立てられる。

「は、ふ、あぁぁあ……っ」

さんざん弄られて朱く膨れた乳首がじんじんと疼く。ルゼの褐色の肌は汗に濡れ、熱く火《ほ》照《て》っていた。

「……イった？」

「……っ」

ルゼはこくこくと頷く。すると膝の裏に手をかけられ、大きく開かれた。

「そうだね。射精している……。乳首が気持ちよかったのかい？」

「ん、ん…っ、きもち、よかった……」

「いい子だね。可愛かったよ。もっと可愛くしてあげようか」

アドルファスはそう言うと、蜜を吐き出してなお屹立《きつりつ》しているものにそっと息を吹きかけた。

「はあ、ああっ」

「こんなに濡らして、震えて。虐めて欲しそうだ」

彼の熱い舌先が、ルゼの肉茎を根元から先端までぞろりと舐め上げてきた。

「……ああ――……っ」

背中が浮き上がってしまう。足の先まで痺れる甘い毒のような快感に、ルゼは泣くような声を上げた。弾力のある舌で何度も擦られ、彼の口の中にすっぽりと含まれてしまい、腰骨が砕けてしまいそうになる。

「あっ、あっ、いい…っ、あっ、そ、そんなっ…、吸われた…らっ」

感じるところを緩急をつけて吸引され、ルゼは取り乱して喘いだ。足の付け根も指先でくすぐるように刺激され、少しも我慢ができない。

「ああっ、ああっ、ふあ、あ、感じ…すぎるからぁ…っ！」

快感が強すぎてつらい、と今度は無意識に腰が逃げた。だがアドルファスの両腕で掴まれ引き戻され、がっちりと固定されてしまう。

「逃げたらお仕置きだよ」

「そんっ…、あ、んあ、ああぁあ――〰〰っ」

熱い口腔に包まれ、裏筋を舌で擦られながらしゃぶられて、目が眩《くら》みそうなほどの快感に襲われる。腰から下がまるで自分のものじゃないみたいだった。

「く、ふう、あふううぅ…っ」

宙に投げ出された足の指が、あまりの快感にわなわなと広がる。ルゼは口の端から唾液を零してよがり泣いた。力の入らない指先が身体の下のシーツをかき毟る。

「あ、ひぃ、いいぃ……っ」

とっくに達していておかしくないのに、ルゼは射精することができなかった。アドルファスがルゼの根元を指で押さえつけて戒めていたからだった。そのためにルゼはイくこともできず、強烈な快感に延々と啼泣《ていきゅう》することとなる。

「いぁ、ああ、やだぁ……っ」

「嫌かい？　本当に？」

アドルファスの問いに、ルゼの喉がひくりと動いた。本当は嫌なだけではなかった。快楽は確かにつらいほどだったが、それ以上に身体が興奮している。彼の舌先で先端の切れ目をくすぐられると、あっあっ、と背中を反らせて腰をくねらせた。

「もうっ、もう、無理…ぃ、きもち、いい……あぁぁ…っ」

淫紋が刻まれている下腹がじゅくじゅくと疼く。ヒクつく肉環に、アドルファスの指が挿入された。

「あぁぁんっ」

「ふ、すごいね、女の子みたいに濡れてる」

「ん、う…んんっ、あ、あぁんん…っ」

アドルファスの巧みな指が二本、蠢く媚肉を擦り上げる。その度に快感で頭がおかしくなりそうになった。特に弱い場所を捏ねるように刺激されて、ルゼは泣き声を上げてその指を締めつける。

「んんっ、あぁ――…っ、い…れて、も、挿れ、てぇ…っ」

前を口淫されるだけでも耐えられないのに、後ろまで一緒に責められてしまうともう駄目だった。

「前をイかせて欲しいのか、後ろに挿れて欲しいのかどっちかな?」

アドルファスのくすくす笑う声が聞こえる。彼は本当に意地悪だ。けれど、その状況にどうしようもなく感じてしまう自分がいる。

「あ、いやだ、全部…っ、ぜんぶ、して…っ」

「わがままだな、ルゼは」

「そ、んなの…っ、仕方ない、じゃないか……っ」

自分がこうなってしまうのは淫紋と、アドルファスのせいだ。決して俺がいやらしいからじゃない。ルゼはそう自分に言い訳をした。

「いいよ。可愛いルゼのわがままだ。全部してあげるよ」

ルゼ自身の根元を戒めていた指が解かれる。カアッ、という熱が下腹部から込み上げてきた。先端からぬるりと口腔内に咥《くわ》えられ、ねっとりと舌が絡みついてくる。

「くう、うっ！」

そうして裏筋を舌で擦られながら強く吸われて、腰骨が灼けつきそうな快感が襲ってきた。

「あ、あはぁっ、あぁぁぁあっ」

意識が飛んでしまいそうな絶頂感。背中と喉を弓なりに反らせて、あられもない嬌声を上げながら彼の口の中に蜜を弾けさせる。吐精している間も吸われ続けて、ルゼはひいひいと泣きながら搾り取られた。やがてルゼの脚の間から顔を上げたアドルファスが口元をぐい、と拭い、挿入していた指を引き抜く。

「あっ……う…んっ」

イったばかりで鋭敏な身体は、わずかな刺激にもびくびくとわななないてしまう。

「今日はもっと深く挿れてあげるよ」

力の入らない身体をうつ伏せに返された。ぐい、と腰を持ち上げられ、アドルファスに尻を突き出すような格好になってしまう。肉環の入り口に熱い雄の先端が押しつけられ、挿入の期待にルゼは下腹部を震わせた。

そして、ぬぐ、と肉環をこじ開け、逞しい男根が入ってくる。

「あっ！　あ…っ、あぁぁ――…っ！」

一気に挿入されてしまい、ルゼはその衝撃で達してしまった。全身で感じる極みに嫌々とかぶりを振り、銀色の髪を乱す。

だがアドルファスはお構いなしに、肉洞の締めつけを振り切るようにして奥を目指していった。

「ひ…あっ、ああっ、だめ、だめ、イって…るうっ…！」

「イってる時に突かれると気持ちいいだろう？」

「んあ、あっ！　だめぇ…っ、おかしく、なるっ…！　ま、待ってっ…！」

どうにかなりそうだから待ってくれと言っているのに、アドルファスはちっとも言うことを聞いてくれなかった。双丘に指が食い込むほどに強く掴んで広げ、ゆっくりと、だが重い抽送を繰り返している。

「あっ、はっ、んんっ！　そ…っ、そこっ、ああっ、そこ、いぃ…っ」

アドルファスが突き入れる毎に、腹の奥のどこかに当たるような感覚がする。それがとてつもなく気持ちがいい。彼の先端でその部分をぐりぐりと捏ねられると、ルゼはまた白蜜を弾けさせて達してしまった。

「あぁあぁっ、いく、そこ、いくぅぅ…っ！」

「好きなだけイっていいけど、今日はまだそんなものじゃないからね」

「はっ、あっ…、え？」

ルゼは今最も感じている奥の壁。アドルファスは、どうもその更に奥を目指しているようだ。それがわかった時、ルゼは彼の下で逃れようともがく。だが腰を掴まれて強引に引き戻されてしまった。

「逃げたらお仕置きだと言ったろう？」

「や…っ、あぁ、あっ！」

（怖い）

けれど濃厚な快楽と淫紋の作用のせいで、ルゼの肉体はその場所をあっさりと明け渡してしまう。くぱ、と開いたそこに、アドルファスの先端が押し挿入って来た。

「あっあっ、―――～～～～っ」

声にならない嬌声がルゼの喉から迸《ほとばし》る。強烈な絶頂に包み込まれ、その状態がずっと続いているようだった。どちゅどちゅと最奥を虐められる毎に、快楽で身体が痙攣する。

「あう、う――……っ、いい、あぁ、いい――……っ！」

卑猥な言葉を垂れ流しながら、ルゼは快感に悶え泣くしかなかった。体内を貫くアドルファスのものに媚肉を吸いつかせ、思い切り締めつける。

「す、ごいな…っ、最高だよ、君は……っ」

「あ、ああ、んんんっ……！」

沸騰する意識の中で、褒められたことを嬉しい、と感じた。身体の中にある力強いアドルファスの存在。こんなに奥に入れられたら、まるでひとつになっているようだ。

「ルゼ、一番奥に、出すよ……」

「ふあ、あう、だ、出して、いっぱいぃ…っ」

彼が体内に出すのは、淫紋の解呪のため。そんなことわかっているのに、全身が悦びに総毛立つ。ルゼ自身だってそうだ。アドルファスに抱かれるのは、呪いを解くためだ。この男に想いを寄せているなんて、そんなことは――。

「――ルゼ……っ！」

その時、アドルファスは短く呻《うめ》くと、ルゼの最奥にしたたかに注ぎ込んだ。どくどくと脈打つ男根から放たれるそれが媚肉を濡らしあげて魔力で腹を満たす。

「あ、ア、あ、んあぁぁぁあっ、～～～～～っ！」

ひどく淫らな声を上げて、ルゼは全身がバラバラになるような絶頂感に身悶えた。息が止まって、何も考えられなくなる。散らばった銀色の髪ごとシーツを鷲掴《わしづか》んだ。

「は……っ、は…っ、あぁぁあ…っ」

アドルファスは最後の一滴まで注ぎ込んでくれて、濡れた内壁に塗り込むようにゆるゆると腰を揺らす。その刺激にびくびくと震えた。彼は息を整えながら鼻先でルゼの髪をかきわけ、首筋に口づける。

「……どうだった？　奥までぶち抜かれた感想は……」

「ん……っ、すご、かった……っ」

まだ頭の芯がじんじんと痺れて、つい素直に答えてしまう。

「ま、まだ、気持ちいいの、続いて……っ」

快楽は深く、長かった。アドルファスはまだルゼの中にいて脈打っている。ほんの少し身じろぎしただけでも、内壁が刺激されてしまいそうだった。

「……可愛いな、ルゼは」

「んううんっ」

くっ、と中を緩《ゆる》く突かれて、甘い声が出る。

「めちゃくちゃにしてあげたくなる」

「や、あっ、もう、無理っ……」

指先までくったりとしているのに、これ以上されたらおかしくなってしまいそうだった。だがアドルファスが出て行く様子はない。

「ほら、こっちを向いて」

「あっ、あっ！」

挿入したまま脚を持ち上げられ、ぐるりと回されて、彼は器用にルゼの身体を仰向けに返してしまう。そのままゆったりと揺らされ、また甘い快楽が込み上げてきた。

「んあぁ、ふああ……っ、や、もう、気持ちいいの、許して……っ」

「だめだめ。まだ魔力を注がないと。君の快楽が深いほど効果的なんだよ」

アドルファスの指がルゼの肉茎に絡みつく。びくん、と腰が跳ね、中にいる彼を締めつけた。

たった今深く激しい絶頂を味わったばかりなのに、また新たな快感に襲われる。

「あ、ひっ、あう…っ、い、一緒は、あ…っ」

「前も後ろも…、気持ちいいの好きだろう？」

下肢から響くずちゅずちゅという卑猥な音が、前後のどちらからしているのかもうわからない。彼の男根の張りだした部分で肉洞の弱い場所を優しく抉られ、長い指で裏筋から先端の割れ目の部分をくちゅくちゅと擦られる。

「あ、あん…っ、ああん……っ、あっ、そ、そこすきっ……！」

「ここ？」

「うん、んんぅんっ、き、気持ちいい……っ」

「よしよし。もっとよくしてあげるよ」

アドルファスの男根が、愛撫が、ルゼの性感を引き出し、嬲り尽くす。

「あ、あ――っ、い、いく、いくうぅ……っ！」

もうわけもわからないほどの極みに追い上げられ、ルゼは自分がどんな痴態を繰り広げているかすらわからなくなった。

ルゼはアドルファスと暮らし、昼となく夜となく抱かれた。

彼は悠々と隠居生活を営んでいるようで、それ以外は自分の工房にこもって研究にいそしんでいるらしい。ルゼからしてみたら羨《うらや》ましい生活だと思う。本人もきままに暮らしているのが性に合っていると言っていた。

淫紋はやや薄くなっているようにも見える。褐色の肌に白く浮き出た紋様の端が、ところどころ欠けはじめているのが見てとれた。

「さすが僕の魔力だ。サイラスにも対抗しうる」

まるで医師の診察を受けるように衣服の裾をまくっていたルゼは、彼がそう言って離れたのでそっと服を直した。

確かに淫紋に変化は現れている。だが、ルゼがここに来てから二十日が経っていた。それでこの変化ならば、完全に消えるのにはいったいどれだけかかってしまうのだろう。

「……遅いと思っている？」

「あ、いや」

ルゼのことを見透かしたような言葉に、慌てて首を振る。

「今この呪いをどうにかできるのはアドルファスしかいないんだ。俺にどうこう言える権利はない」

「不満があると言っているのと同じようなものだよ、それは」

肩を竦めた彼に指摘され、ルゼは思わず目を伏せた。恥ずかしさと申し訳なさで居たたまれなくなる。自分で何もできなかったくせに、何を図々しい。

「……すまなかった」

「いいんだよ。そんな顔をすることはない」

そっと頬に手を添えられて、ルゼは顔を上げた。

「実のところ、サイラスの君への執着に少し驚いている」

「え」

「強固な呪いだ。君の姉上は自分を庇って、と言っていたが、僕の考えでは最初から彼は君に呪いをかけるつもりだったのだと思う」

「……どうして」

「さてね。それは彼にしかわからない。けど」

アドルファスは薄く笑った。

「君を呪いで縛りつけて永久に側に置きたかったのだろうね」

「そんな」

「もちろんそんなことはさせやしない。僕がこの名に賭けても呪いは解いてみせるよ」

そこまでアドルファスが言い切ってくれたことに、ルゼは嬉しさを感じた。そしてそんなふうに思ってしまう自分を押し留める自分もいる。

魔法使いは独自の理で動く。好きになってはいけない男だ。

そんなルゼの思いなど知らない彼は、ふと、窓の外に何かを見つけたように顔を巡らせた。

「……ん？」

何か来る、とアドルファスは呟く。

「見たまえ。エルフの目なら見えるだろう」

指し示された窓外に目をやると、小さな影が見えた。

「翼竜――、ツィギーだ！」

ルゼをここに連れてきた翼竜が再びやってきた。バルコニーに出て待つと、その影は次第に大きくなってきて、やがてはっきりとした竜の姿になる。バサバサと音を立てて降り立った翼竜に、ルゼは駆け寄って首に抱きついた。

「ツィギー、元気だったか？」

ルゼがそういうと、翼竜はクルクルと喉を鳴らす。

「ルゼ、首元の籠に何か入っているんじゃないか」

ツィギーの首に括り付けられた籠の蓋《ふた》を開けると、中に手紙が入っていた。

「……父上からだ」

手紙を取り出して広げる。アドルファスはツィギーに与える肉を取りに厨房へと行っていた。

そして手紙の文字を追う毎に、ルゼの表情は固まっていく。

『親愛なるルゼルディア

プリシラから話を聞いた。カサンドラとも話し合ったが、お前が私達に黙ってアドルファスの元へ行ってしまったのは残念だった。そもそもお前はどうしてあのサイラスの領地などに行ってしまったのだろう。今回のことはお前に責任があるのではないだろうか。

どうもお前には王族としての自覚がないように思える。これはとても残念なことだ。

いい機会なので、お前はしばらく里から離れたほうがいいと思う。これからの自分の在り方について、よくよく考えてみることだ。

父より』

「――――……」

ルゼの心が冷えて凝り固まっていった。プリシラは、サイラスの領地へ足を踏み入れたことをいったいなんと言ったのだろう。父はとても厳しい人だ。彼女はもしかすると叱責を恐れ、ルゼが誘ったとでも話したというのか。

カサンドラは母のことだ。王妃である彼女は優しい母の顔を持っていた。そう、ルゼ以外の兄姉に対しては。

母もまた、この手紙に書いてあるようにルゼに対して残念だと思っているのだろうか。

プリシラは――プリシラだけは味方なのだと思っていた。責任をルゼに押しつけた呵責でアドルファスに繋ぎをつけたり、ツィギーを貸し与えたりしてくれたのかもしれない。

それでも、ルゼの本当の味方はいないのだ。一番上の兄などは、いっそサイラスにルゼをくれてしまえとすら思っている。

「どうして……」

そんなに自分は、悪いことをしたのだろうか。ルゼがサイラスの祝福を受けたのはほんの赤ん坊の頃、まだ自分の意思すらなかった時だ。それでも自身の責任を問われねばならないのだろうか。

冷え冷えとした悲しみが胸に広がる。けれどもこんなことは、子供の頃からもう何度も繰り返されてきた。だから今更だ。

「……ルゼ」

背後からアドルファスの呼びかけが聞こえる。ルゼははっとすると、手元で手紙をくしゃくしゃに握りつぶした。

アドルファスは黙ってそれを見やると、手にした何かの肉をツィギーに与える。骨つきのそれを、翼竜は美味《うま》そうに頬張った。

「ルゼ、どこかに出かけようか」

「え……？」

思いもよらなかったことを言われ、ルゼはきょとんとする。

「ここにいてセックスばかりというのもなかなか不健康だ。まあ、僕はそれでもちっとも構わないけど」

「どこかって……、どこへ」

「あの山を越えた先に海がある。ルゼは海を見たことがあるかい？」

彼が屋敷の裏手にある山の稜線《りょうせん》を指し示した。あの向こうに何があるのかルゼは知らない。

「海…、見たことがない」

「だろうね。エルフの里は山の中にあるから」

「話には聞いたことがある。果てのない湖だとか」

「果ては……あるな。ただ、それが桁《けた》違いに大きいというだけで」

「この湖よりも？」

ルゼは屋敷の前に広がる湖面を示した。

「比較にならないさ」

そう言われて、ルゼは一瞬その大きさを頭に思い浮かべようとした。そしてたった今まで見ていた手紙のことを忘れていたことに気づく。

「見てみたいだろう？」

「う……うん」

けれど、自分がそんな自由にしていていいものだろうか。家族から責められ理不尽を感じていても、長年の環境はルゼに自罰的な側面を作っている。それがルゼに好きに振る舞うことをためらわせるのだ。

だが、アドルファスはそんなルゼの躊躇《ちゅうちょ》など意にも介さなかった。

「なら決まりだ。ツィギーはどうする？」

アドルファスが翼竜に声をかけると、ツィギーはその場にどっかりと座り込み、寝る体勢に入る。

「ここで昼寝してるから僕達だけで行って来いって」

「けど飛ばないと行けないんじゃ」

あの山を越えるには、翼が必要だと思った。

「僕に乗ればいいだろう」

「え？　……あ」

ここに来た時、巨大な猛禽の出迎えを受けたことを思い出す。あれはアドルファスの変身した姿だったのだ。

「じゃ、行こうか」

そう言うとアドルファスはルゼの手を掴み、そのままバルコニーから身を躍らせた。

「ちょっ……！　えっ‼」

まるで身投げでもするような行為に、ルゼは恐怖に身を竦ませる。だが次の瞬間、ルゼの身体は温かな羽毛の中に投げ出されていた。瞬時に変身したアドルファスが、ルゼを自分の背に放り投げたのだった。

――――相変わらず無茶をする。

ルゼにとって、アドルファスはいつも思いもかけないことをする相手だった。昔、彼の育てている触手に襲われた時もそうだった。

彼の行動に、ルゼは巻き込まれていく。

だが今はそれが、嫌ではない。

猛禽は巨大な翼をはためかせ、峻険な山々を悠々と越えていく。彼がひとつ羽ばたいただけで、あたりの景色がみるみる後ろへ流れていった。

「す……ごい」

ツィギーにしがみついて飛んできた時は景色を堪能する余裕もなかったが、今は真下を流れる大河の筋の行方を追って心を躍らせている。あの河が行き着くところは、やはり海なのだろうか。昔、すべての川は海に流れ着くと耳にしたが、そんなことがあるものかと思っていた。

手前の山が開ける。その瞬間、ルゼは息を呑んだ。

目の前に広がるのは見渡す限りの紺碧《こんぺき》だった。それらはすべて水で出来ている。

Premium News

COMICS&NOVELS INFORMATION
2022.2

ダリア文庫

2月12日(土)頃発売予定!

淫紋
-傲慢な魔法使いと黒珠の贄-

西野 花 ill.笠井あゆみ

定価：730円(税込)

ダークエルフの王子・ルゼは発情の呪いをかけられ、魔法使い・アドルファスに助けを求める。解呪のため抱かれることになるが…。

特典情報

書き下ろし小冊子
- 中央書店コミコミスタジオ

書き下ろしペーパー
- 一般書店(一部)

僕が与える快楽に
君は耐えられるかな

愛されベータに直情プロポーズ

若月京子 ill.明神 翼

定価：770円(税込)

ベータの悠真は、遠い親戚となった英国人のライアンに出会う。
伯爵家の次男でアルファの彼に、初対面でプロポーズされ!?

特典情報

書き下ろし小冊子
- 中央書店コミコミスタジオ

書き下ろしペーパー (2種)
- 一般書店(一部)
- 紀伊國屋書店

心が選んだ人が、
運命の番

郵便はがき

170-0013

STAMP
HERE

東京都豊島区東池袋3-22-17
東池袋セントラルプレイス5F
(株)フロンティアワークス

Daria《ダリア》 編集部行

ダリア文庫読者係

〒□□□-□□□□ 住所 都道府県		
	電話 ( ) -	
ふりがな 名前	男・女	年齢 歳
職業 a.学生(小・中・高・大・専門) b.社会人 c.その他( )	購入方法 a.書店 b.通販( ) c.その他( )	
この本のタイトル		

ご記入頂きました項目は、今後の出版企画の参考のため使用させて頂きます。その目的以外での使用はいたしません。

ダリア文庫　読者アンケート

● この本を何で知りましたか？

A. 雑誌広告を見て [誌名]
B. 書店で見て
C. 友人に聞いて
D. HPで見て [サイト名]
E. SNSで見て
F. その他 [ ]

● この本を買った理由は何ですか？(複数回答OK)

A. 小説家のファンだから　**B.** イラストレーターのファンだから
C. カバーに惹かれて　**D.** 好きな設定だから
E. あらすじを読んで
F. その他 [ ]

● カバーデザインについて、どう感じましたか？

A. 良い　**B.** 普通　**C.** 悪い　[ご意見]

● 今！ あなたのイチオシの作家さんは？(商業、非商業問いません)

漫画家　・どういう傾向の作品を描いてほしいですか？

小説家　・どういう傾向の作品を書いてほしいですか？

● この本のご感想・編集部に対するご意見をご記入ください。
(感想などは雑誌・HPに掲載させていただく場合がございます)

A. 面白かった　**B.** 普通　**C.** 期待した内容ではなかった

ご協力ありがとうございました。

猛禽はルゼに見せるように海原の上を飛んで見せる。それは川や湖とはぜんぜん違っていた。陽の光に海面がきらきらと反射して、まるで光の渦のようにも見える。

「こんなの、初めて見た！」

ルゼは里を出てから一番はしゃいだ声を出した。もしかしたら記憶にある限りで一番かもしれない。海はとても美しくて、底が知れなくて少し怖い。けれどそんなところさえも綺麗だと思ってしまった。

猛禽はひとしきり海の上を飛ぶと、張り出した崖の上に優美に降り立つ。ばさり、と羽根を散らして翼が折りたたまれると、ルゼは彼の背中からするりと地面に降りた。

猛禽は見る間に輪郭を崩し、不遜《ふそん》な魔法使いの姿に戻っていく。

「――ふう」

赤みがかった髪をばさりと払いのけたアドルファスは、ルゼのほうに向き直った。

「どうかな？　お気に召した？」

「あ――、ありがとうアドルファス。こんな景色初めて見た」

ルゼは気持ちを昂ぶらせたような声で答える。

「海って、こんなに大きいんだな」

「あのずっと向こうには、別の大陸がある。そこにはまた別の国があって、色んな生きものが住んでいる」

「知っているけど、想像もできない。エルフは自分の里から出ないで一生を終えることのほうが多いから」

それが王族となれば尚更のことだった。自分達は己の里を守らなくてはならない。

「アドルファスは、向こうの国に行ったことがある？」

「昔ね。陽気な人達がたくさんいて楽しかったよ。騒々しすぎて研究には向かないところだったけどね」

水平線の向こうを眺めてそう答える彼を、ルゼはどこか眩《まぶ》しいもののように感じた。

アドルファスは自分とはまったく違う。おそらく魔道の修行の中で得た長い寿命を利用して、世界のあちこちを見て回ったのだろう。

「……里にいた時は、そんなこと知識として知ってはいても、まるで気にしたことはなかった」

里の中で仲間と共に一生を終えるエルフであればそれでよかったろう。だが今、ルゼは故郷から放逐《ほうちく》されかけている。

「世界がこんなに広いだなんて、初めて知った」

水平線が徐々に橙色に染まってきた。胸の痛くなるような美しさなのに、ルゼはその時、どうしようもなく心細かった。

こんなところに一人で取り残されたら、どうやって生きていけばいいのだろう。

「ルゼ」

その時、背後からアドルファスがそっと抱きしめてきた。

「今度は、もっと別のところに行こう。君が見たこともない景色をまた見せてあげるよ。一緒に」

「……！」

抱きしめられて触れている部分がひどく温かかった。家族から針のように冷たく尖った言葉を投げつけられたというのに、まったくの他人であるアドルファスがそんなことを言う。

「……なんで…？」

「うん？」

「何故そんなことを、俺に……？」

ルゼの声は震えていた。今にも泣き出してしまいそうなのを必死で堪《こら》える。涙など行為の最中に何度も見られているというのに、今泣き顔を見られるのは恥ずかしくて死んでしまいそうだった。

「何故？　あれ？　伝わってなかったかな？」

それなのにアドルファスの声は笑いを含んでいて、ルゼはそれが少し腹立たしかった。そう、彼はいつも楽しそうに生きている。アドルファスだって俗世から離れたような存在で、一人でいるのに。

「僕はけっこう真剣に口説いていたつもりなんだが」

「からかうのはやめてくれ」

「からかってなんかいないよ」

その瞬間、彼の声がひどく真剣なものに変わった。ルゼの心臓がどくん、と大きく脈打つ。

「初めて見たときからずっと、可愛いと思っていた。君はいつもどこか寂しそうで、そんなところがたまらなくどうにかしてあげたいと思ってたんだ」

「う――嘘だ」

突然の彼の告白を、ルゼは信じることができなかった。だって彼はいつも意地悪で、ルゼのことなどなんとも思っていないと感じていた。そんなアドルファスに抱かれて泣くほど感じて悶えてしまう自分を、いつも浅ましいと思っていた。

「嘘じゃない。君の里の工房を借りた時、意地悪してしまったのは悪かったと思っている。若気の至りだと思って、許して欲しい」

「……」

ルゼが拗《す》ねたように俯いて無言になると、彼は慌てたように前に回ってきた。両手で頬を包み込まれ、上を向かされる。顔を見られるのを嫌がって抗おうとすると、乞われるようにこめかみに口づけられた。

「本当だよ、ルゼルディア。好きなんだ。信じてくれ」

「っ……」

ルゼの瞳からとうとう涙が零れた。悲しい時には出なかったのに。そしてそれを拭い取るようにアドルファスが口づけてくる。

「僕はこれまで、誰にも執着して来なかった。魔道の妨げになると思っていたからね。欲しいときに適当に遊ぶ相手があればそれで充分だと思っていたんだ。けど、君だけは別だった。何年経っても君のことを思い出す。もしも今度出会えたら、絶対に離すまいと思っていたんだ。そして君は僕の前に現れた。――もう離さないよ」

アドルファスが言ったことはあまりにもルゼにとって都合のいい言葉に聞こえた。家族から見放され、たった一人にされたと思ったルゼの目の前に差し出された彼の手。それを簡単にとってしまっていいものかという逡巡が駆け巡る。

だが本音を言えば、嬉しかった。嬉しかったのだ。

そんなふうに言ってくれる人は、これまで誰もいなかったから。

「……だから、プリシラからの頼みを聞いてくれた……？」

「正直言うと、君に執着していた影響で、予感のようなものはあったんだ。けどエルフの里に行こうか迷っていた。もし君がまだ怒っていて拒絶されたらきっと立ち直れないと思っていたからね。けれどそんなことを臆さずに行けばよかった。そうすれば君は淫紋の呪いなどかけられずに済んだかもしれない」

けど、とアドルファスは続ける。

「もしルゼが淫紋の呪いにかからなければ、僕を頼ってくれることはなかったかもしれない——。因果というものは複雑でね。僕も時に惑うことがある。臆病な僕を許しておくれ」

「……アドルファスが、臆病……？」

彼は何も恐れず、自分のやりたいようにやる魔法使いだと思っていた。何が起こっても飄々といなし、つかみ所のない笑いを浮かべているかのような。

「そうさ。君を好きになって、手に入れたくてずっと臆病になっている。そのくせどうやって君を手に入れようか虎視眈々《こしたんたん》と窺っていた。臆病で卑怯な男だ」

「卑怯なのは知っている」

「手厳しいな」

彼は苦笑を浮かべた。ルゼはつられるように、涙顔で小さく笑う。

その瞬間だった。ルゼの体内に仕掛けられた淫らな呪いがドクン、と大きく跳ね上がった。

「う、あ……っ！」

アドルファスの腕の中で、ルゼの身体が大きく仰け反る。下腹から激しい疼きが突き上げ、全身が燃え上がるような感覚に包まれた。

「ルゼ！」

アドルファスはルゼを抱えたまま、指をパチンと鳴らす。すると足下にたちまち柔らかな草花が広がった。彼はその上にルゼをそっと横たえる。

「今、楽にしてあげるよ」

「はっ…あ、あ、アドルファス、アドルファス…っ、いや、だっ」

この期《ご》に及んで淫紋の発作に抗うルゼを、彼は怪訝そうに見やった。そんなアドルファスの前で、ルゼは嫌々とかぶりを振る。

「だっ、て、せっかく、アドルファスが好きって言ってくれたのにっ……、嫌だ、こんな…っ」

互いに望んで望まれて情を交わすのではなく、強制的な発情を『処理』するための行為を今するのはどうしても抵抗があった。

だがアドルファスの反応は、ルゼには意外なものだった。

「ルゼ――可愛いよ」

「ん、んっ…⁉ ん、ぁうう」

彼はそんなことにはまったくお構いなしに口を吸ってきた。歯列をこじ開けられ、濡れた粘膜を舐め回されると、背中を愛撫された時のようにぞくぞくしてしまう。目尻に涙が浮かんだ。

「……っ、は、ぁ、ん…っ」

舌が絡まり合って立てるくちくちという音がやけに大きく耳に響く。それだけで腰の奥がきゅうきゅうと締まってしまって、アドルファスのものを欲しているのがわかった。

「――〰〰っ、っ」

「そんな可愛いことを言われたら、今すぐ君を犯したくなってしまう」

「んっ、あっ、あっ」

アドルファスの不埒《ふらち》な手が衣服の中に侵入してきて、双丘を揉みしだき、後ろの窄まりを解そうとしてきた。そこはもうすでに用意ができていて、女のように潤っている。

「ひくひくしてる……。入れていい？」

「あっ、あっ！　だ、め、アドルファス…っ、いれ、たらっ」

ぬぷぷ…と音がして、彼の長い指はルゼの肉環をこじ開けていった。肉洞の中に無遠慮に指が挿入される。

「んぁあああ――っ」

そしてルゼはそれに耐えられない。両脚の間に彼の身体を挟んだまま、びくびくと身体を痙攣させて達してしまう。

「ひっ、あっ、はっあっ…」

「ルゼのここが、すごく悦んでいるね」

まだイっているというのに、アドルファスの指の腹で肉洞の泣き所を押されて、ルゼは背中を反らせて悶絶した。意地悪な指でくにくにと捏ねられると、足の先まで甘く痺れるほどに感じてしまう。

「あくうう、ふ、そこっ、そこだめっ…、んんぁあっ」

「ここを僕のもので擦って、抉ってかき回してあげたいよ。そうしたらルゼはどうなるかな？」

「ふぅあぁぁあ…っ、そ、そんな、そんなっ…」

その時の快感を想像してしまって、それだけでまたルゼはイきそうになった。はしたなくねだってしまう自分の肉体が浅ましくて、もはや口だけがむなしく抵抗の言葉を繰り返す。

「あ、アドルファス、アドルファスぅ…っ」

それでも、早く挿れて欲しいと身体は口ほどにものを言っていた。しなやかな両脚を彼の腰に絡め、いやらしく尻を振り立てる。もうここに挿れて欲しいと、ルゼは全身で訴えていた。

「今日はもう焦らさないよ。……僕も我慢できない」

めずらしく欲情に支配されたようなアドルファスの声にどうしようもなく興奮する。押し広げられた双丘の入り口に熱い熱塊の先端が押しつけられると、もう我慢できなくて腰を揺すった。

「ルゼっ……！」

「は…っあ…っ、んあぁぁあぁぁあ――…っ、あ――〰〰っ」

やはり挿入の刺激に耐えられず、ルゼは達してしまう。強烈な快感に泣きながらの絶頂だった。奥まで容赦なく突き入れられたものを強く締めつけ、その形を味わう。

「ふあ、あっ…！　っ、おっ、きぃ…っ、すご…っ」

「……そんなに煽られると困ってしまうな……っ」

普段は優雅な所作に似合わぬその剛直で入り口から深いところまで何度も擦り上げられ、ルゼは快楽の悲鳴を上げる。

「やっ、いっ、いいぃ…っ」

「気持ちいい？」

「んんぅあぁ…っ、き、きもち、いい…っ」

アドルファスのものでほんの少し媚肉を擦られるだけでも耐えられない。濡れた唇を塞がれ、舌を吸われて、尻を揺らすようにして快感を訴えた。

「ルゼ…、ルゼ、可愛いよ」

「んぁっあんっ、んううう…っ」

続けざまの絶頂に啜り泣きを漏らし、ルゼは全身でアドルファスを求めていた。早く彼の精が欲しいと腹の奥が訴えている。

「ぁ、は…、だし、て…っ、出してぇ…っ」

「ルゼっ…！」

どちゅん！　と突き上げられ、アドルファスが激しく腰を震わせた。それと同時に熱い精が体内にどくどくと注がれる。

「ひ、う、あぁぁんんん…っ！　～～～～～っ」

身体中にアドルファスの魔力が快感と共に広がり、ルゼは満たされていった。

もしかして、これからも彼が一緒にいてくれるかもしれない。これまで家族の側にいても一人だったルゼは、与えられる期待に心身が悦びで震えるのを止められない。

「アドル、ファスっ……！」

震える唇を重ねられた時、乱暴なほどに吸われた。いつも余裕のある態度を崩さない彼のそんな様子に、むしろ昂ぶってしまう。指の先まで伝わってくるアドルファスの魔力は呪いの作用を中和し、打ち消した後、彼の魔道のみでルゼをいっぱいにする。

「あ、アドルファス、ので、いっぱいに……っ」

このまま彼だけでいいのに。

ルゼはそんなふうに思わずにはいられなかった。

気がつくとルゼは霧深い森の中にいた。森はエルフにとって馴染み深いものだが、この場所は見慣れた里の風景とは違う。曇天《どんてん》の空に、冷たく重いまとわりつくような空気。風も吹かない森の中は葉ずれの音さえ聞こえない。

（ここは……）

自分は今アドルファスの屋敷にいるはずだ。どこからか視線を感じ、ルゼは肌がぞくりと震えるのを感じた。

（これは夢だ）

それも魔術的なものを感じる。だがこの波動は、馴染んだアドルファスのものではない。けれど覚えのある、ねっとりとした熱さを孕《はら》んだこの気は。

「久しぶりだな、ルゼルディア」

「――――っ」

背後からかけられた声に、ルゼははっとして振り返った。そこに立っているのは、黒衣の魔法使い。深淵の闇の色のような髪と血色の瞳を持つ、ルゼに祝福と呪いをかけた男だった。

「サイ、ラス……！」

身体に思わず緊張が走る。ルゼはせめて、男に怯んだ様子は見せるまいとした。サイラスがルゼの夢に干渉してきたというのなら、どのみちここから逃げることは叶わないだろう。ルゼが目覚めない限りは。

「早々に根を上げて屈服するだろうと思っていたが、あの軽薄な男の元に逃げ込むとはな。意外だった」

そう言う割には、男はどこか楽しそうにも見えた。まるで自分の仕掛けた遊戯のなりゆきを見ているような印象すら覚える。いや、サイラスにしてみれば、すべてが気まぐれな戯《たわむ》れにすぎないのだろう。他者の領地を奪い、そこに住む者を蹂躙《じゅうりん》するのも、ルゼに祝福を与え、そして淫紋の呪いで苦しめるのも。

「……お前の望む通りにはならない」

「その呪いは、お前が思っているよりも強いものだぞ。今普通にしていられるのは、あの男の邪魔が功を奏しているからだ。甚《はなは》だ癪《しゃく》なことではあるがな」

ぞろり、と男が動く気配がする。黒衣がこちらへ近づいてくるのに、ルゼは距離をとろうとした。だが――動けない。

「逃げようとしても無駄だ。ここは俺の結界のようなもの。お前では到底逆らえまい」

「……っ！」

足が動かない。ルゼの持つ魔力耐性程度では、魔法使いが仕掛けた夢の罠に逆らうことなど出来るはずもなかった。ルゼに出来ることは、怯えた顔を見せることなく、ただサイラスを睨みつけることのみだ。

「いい顔だ。ルゼルディア。お前は美しく育つと確信していた。先ほどはああ言ったが、すぐに折れてしまう花など手折《たお》っても意味はない。お前の抗おうとする心を俺は愛している」

骨ばった手が伸びてきて、ルゼの首筋から頬にかけてをゆっくりと撫で上げてゆく。その途端にぞわりとした感覚が身の内を走った。

「……さわ、るな」

夢の中でも、いや、夢だからこそ、ルゼの肉体は快楽を拾ってしまう。どんなに嫌だと思っていようが、身体には関係のないことだ。むしろそういう気持ちすらも悦びをかき立てる要素になってしまうことを思い知らされた。

「震えているな……、愛《う》い奴だ」

耳元で囁かれる響きが鼓膜をくすぐる。駄目だ、反応するな――――。心でそう叫んでいるのに、ルゼの体内は男が与える刺激にゆっくりとうねり出す。サイラスの指先が衣服の中に忍び込み、なめらかな褐色の肌を撫で回した。

「ひうっ」

びくんっ、と背中がわななく。思わず漏らしてしまった声が口惜しくて、ルゼは唇を噛んだ。

「このままここで犯してやろうか」

サイラスは嬲るように囁く。平気な振りをしていようと思っていたのに、その言葉にルゼの身体がビクッ、とおののいた。

「や、やめろ……」

「あの男にはさんざん抱かれたのだろう？　お前から忌々しい魔力の匂いがぷんぷんしている」

ルゼの身体から、服が一枚一枚、もったいぶったようにゆっくりと落とされていく。抵抗したいのに、ルゼはその場で立ったまま腕一本上げることすらできない。夢だというのに、肌に外気が触れる感じがやたらにはっきりとする。そしてサイラスの指先が、下腹に刻まれた淫紋をなぞり上げた。身の内をカアアッと灼熱《しゃくねつ》が走る。

「ん、く、はあっ」

「この紋は俺が術を解かない限りは消えない。奴がどんな手を尽くそうともな。お前達がしているのはただの対処療法にすぎない」

「っ、ぃ、や……っ」

耳の中をれろりと舐められて、全身がぞくぞくと粟立った。悔しい。嫌なのに。

「どんなふうに抱いてやろうか？　お前は淫乱そうだから、さんざんに焦らし尽くした後で数えきれぬほどの絶頂を与えてやるのがいいか、それとも最初から息もつかせぬほどに腹の中をかき回し、突き上げてやるのがいいか――」

淫らなことを告げられて、そうされた時のことを想像してしまい、ルゼの身体の奥底から焦げつきそうな昂ぶりが込み上げてくる。

（違う、違う。こんな男なんかに、されたいわけじゃないのに――――）

心と身体が剥離《はくり》していくのを、今更ながらに憎んだ。このままでは犯されてしまう。

（その前に、はやく、はやく――――）

ルゼは目の前の男ではない魔法使いを思った。この闇の魔法使いにただ一人対峙《たいじ》できるという存在。

「……興ざめするようなことを考えるな」

サイラスの手がルゼの尻を掴む。息を呑んだ瞬間、視界の中に大きくヒビが入った。

「――――ルゼ、起きるんだ！」

「――――！」

世界がぐるりと回転するような感覚が襲った。次に目を開けた時、アドルファスが厳しい顔でルゼを覗き込んでいるのが見えた。

「……目を覚ましたか」

「アドル、ファス……」

「少し危ないところだったよ」

ルゼはベッドの中で裸で寝ていた。隣にいるアドルファスも似たようなものだ。

自分達は数日前から、淫紋の発作とは関係なく肌を合わせるようになった。アドルファスがルゼを好いていると言葉にしてくれたからだった。

あの夜の言葉を鵜呑みにしているわけではないが、ルゼはあの時確かに嬉しかったし、彼の気持ちのようなものも感じた。だから抱きしめてくる腕にすべてを委ねたくなってしまう。

けれどそれと同時に、どうしても気持ちの部分で自分を押し留めてしまうルゼもそこにいる。

彼は他者に執着を持たない魔法使い。自分を気にいってくれたのは、いつもの気まぐれかもしれない。一度伸ばして握られた手を振り解かれてしまうのはとてもつらい。ルゼはそのことをよく知っている。だから必要以上に彼に寄りかかってはいけないのだ。

（ちゃんと一人で立てるようにしないと）

だが淫紋の解呪にはアドルファスの協力が不可欠だ。しかし、夢の中でもサイラスが言っていたではないか。この呪いはサイラス自身でなければ決して解くことはできないと。

ルゼは魔法に長《た》けているわけではないから呪いの理についてはよくわからない。けれど、アドルファスほどの魔法使いでも、どうにもできないことはあるのではないだろうか。

「……サイラスが夢に出てきた」

「うん。だから君を目覚めさせようとしたんだよ。少し手間取ってしまったけれどね」

「……見てたのか？」

夢の中でサイラスに脱がされたところを。

「見ていた」

アドルファスは少し嫌そうな顔をして答えた。彼のそんな表情を見るのはめずらしいような気がする。

「危うく犯されるところだった」

「間に合ってよかったよ。彼には君をやりたくない」

こめかみに柔らかく口づけられた。くすぐったくて、ルゼはため息をつきながら笑いを漏らす。すると両腕でぎゅっと抱きしめられ、その心地よさに力が抜けた。どうやら身体が緊張していたらしい。

「そろそろ防戦一方というのも癪に障るな」

アドルファスがルゼを抱きしめたまま呟いた。

「何か手があるのか……？」

「まあ、ないわけじゃない。けれど君が嫌がるかと思って」

その言葉にルゼはアドルファスを見上げる。

「打てる手があるならすべて打ちたい。嫌だなんて言わない」

「本当に？」

彼の瞳がじっとルゼを見つめた。心の底まで覗こうとするような視線に一瞬たじろぐ。

「僕はもう君に嫌われたくない」

「嫌うだなんて…、そんなことしない」

これまでだって嫌いだったわけではない。思慕の情を寄せていた彼に突然あんなことをされてショックだっただけだ。

「呪いを解くために必要なら、どんなことでもする」

「……そうか」

その時、アドルファスがふと、嫌な感じに笑った。彼が時々見せる意地悪な表情にどきりと心臓が震える。

「まあ、とりあえず起きて食事にしよう。話はそれからだ」

「あ、ああ、うん…」

空気を変えるように彼がそう言うので、ルゼもまたベッドの上に身体を起こした。身支度をして、階下の食堂に降りる。途中で見た裏庭では、ツィギーが昼寝をしていた。翼竜は里には帰らない様子で屋敷の近くにいる。

アドルファスとの食事はいつも楽しかった。特別豪勢だというわけでもないが、彼が焼いたというパンと、ポトフとハムとチーズ。そして旬の果物。そういったものは二人で食べると充分すぎるほどに美味しかったし、今まで一人で食事をとることの多かったルゼにとってはほとんど初めてのことだった。

誰かと寝食を共にするのも初めてで、こんな生活がずっと続けばいいのにと思わずにはいられない。そう、思うだけなら許してくれるだろう。自分にはまだ、王子としての責任があるのだから。

「実は、君に話しておかなければならないことがある」

食後のお茶を飲みながら、アドルファスはそんなふうに告げた。その顔がやけに深刻だったので、ルゼも思わず身構える。

「昔、僕が君に対して行ったとてもひどいことだ」

思い当たることはひとつしかない。彼の工房の地下にあった、あの触手生物だろう。

「……いや、そのことはもういい」

アドルファスは謝ってくれた。だからもうルゼも忘れることにしたのだ。

「違うんだ」

けれど彼は続けた。

「あの触手生物だが、あれから研究を進めて、実は今もこの屋敷の地下で作っている」

「……は？」

「あれの用途は自慰に使うと言っただろう。都の好事家《こうずか》の間でずいぶんと需要があって、僕のいい小遣い稼ぎになっている。なにしろどんなに値をつり上げても売れてしまうんだ。いやいや、人の欲望というのは果てしないものだね。まあ、人のことは言えないが」

「……」

「君があれと合った時よりも、見た目や機能などずいぶん改良している。最近はあまり場所をとらないのが人気なんだ」

「……それで？」

ルゼはうんざりしつつも話を促した。別に彼が何を研究しようが自由だ。そして自分の研究を説明する時のアドルファスは心なしか楽しそうで、やはり魔法使いなのだなと思う。彼らは道を究めることに関しては貪欲だ。

「ルゼの淫紋のことを聞いてから、ずっと考えていたんだ。呪いの作用に対処療法的に対応するだけでなく、どうにかして解呪の方法を探れないかと」

「それとその生物とどういう関係が？」

「ついておいで」

アドルファスは席を立った。ルゼもおずおずと立ち上がり、彼の後をついて食堂を出る。彼は食堂の脇の小さな階段を降りていった。そこはルゼが足を踏み入れたことがない場所だ。

「足下は暗いから気をつけて。……ああ、エルフは夜目が効くんだったか」

それでもどういう仕掛けになっているのか、自分達が降りるに従って足下に小さな青い光が灯《とも》った。階段はらせん状になっていて、規則的に並ぶ青い光源がどこか神秘的な雰囲気を作りだしている。

やがて階段が終わった先にはひとつの扉があった。

「ここだよ。……びっくりしないでくれよ」

アドルファスは悪戯っぽく笑うと、扉を開けてルゼを中に招き入れる。

「……？」

部屋の中は暗かった。だが、いくつもの円柱状の水槽があり、それが光を発してあたりを淡く照らし出している。

「よく見てごらん」

促されて、ルゼは恐る恐る水槽を覗き込む。

「――――……っ」

そこにあるものを認めて、思わず息を呑んだ。

円柱型の水槽は、大人二人が手を回して抱えられるくらいの大きさだろうか。天井近くまで伸びているそれの中に、半透明のものが漂っていた。クッションほどの大きさのそれは表面に様々な色をした縁取りや丸い模様があり、中央部分には花のようなものがある。水中に伸びる触手も今は繊細な形をしており、いっそ美しいとさえ思える形状だった。

「どうかな？　ずいぶん可愛くなっただろう？　女性も使うものだから、見た目にはこだわったんだ。機能のほうも進化しているよ」

その機能というのは、きっとろくでもないものなのだろう。アドルファスの口調はずいぶん得意げだった。

「だからまた試してみようって、俺は絶対嫌だからな」

「まあまあ、話を聞いてくれよ」

彼はルゼの前で両手を開き、制するような動作を見せた。

「この生物は、元はとても原始的な生きものだ。その核を僕の魔力で少し手を加え、後は適当な軟体生物の遺伝子をかけ合わせている」

水の中でひらひらと触手が舞う。よく見るとその裏にはびっしりと吸盤が敷き詰められていた。それが動きに従って大きくなったり小さくなったりを繰り返している。おそらく『使用時』には、その部分が対象を刺激するのだろう。

「……」

見ていると何だか身体の奥がむずむずしてきそうだった。

「――試してみたくなった？」

「っ！」

ふいに耳元で低く囁かれ、ルゼはびくりと肩を震わせる。アドルファスが薄く笑いながらこちらを見ていて、思わず頬が熱くなった。

「だ、誰が‼」

「そう？　――まあいいや。で、ふと思いついて、こいつに魔力を注ぎ込む時、少し力の方向性というか、色合いを変えてみたんだ」

「方向性？」

「そう、簡単に言うと、こいつで呪いを中和し、サイラスの魔力を削ることができるんじゃないかと思う。まあ、試してみないことにはなんとも言えないが……」

「……俺が魔法の理解に浅いからと言って、適当なことを言っているわけじゃ」

「ないよ。それは誓ってない。信じてくれ」

とは言っても、アドルファスは平気で人の目を見て嘘を言いそうなくらいのうさんくささは持ち合わせている。

アドルファスが言っていたことは、大まかに言えばこの生物を魔力の変換器として使うということだった。

「同じ種族が使う魔法には、必ず同じ波長がある。特に呪いというシンプルな魔術ではそれは顕著だ。だから逆に言えば壊しにくい。魔力の強さが違えば強いほうが勝つが、あいにくと僕とサイラスは同程度の魔力の持ち主だ。それはわかるね？」

ルゼは頷いた。

「しかしこの触手を通して魔力を変換すれば、魔法の波長を変えることができる。そうすればサイラスの呪いを崩すことができるのではないかという理屈だよ」

「……俺を丸め込もうとしてないか？」

「してないよ」

どうしても疑わしい視線を向けてしまうルゼに、アドルファスはにこりと笑って答える。

「理屈では充分可能なことなんだ。あとは実証するだけ。成功すればよし、もし失敗したとしても現状維持だ。君が失うものは何もない。どうする？」

「こ…これと、しなければいけないということなんだろう？　あの時みたいに」

「心配しなくていい。もちろん僕も魔力を注ぐから。そうすることでブースターの役割を果たす」

「……」

ルゼは大いにためらった。確かに目の前の触手生物は、昔襲いかかられた時のものと比べたらずいぶんと可愛らしい。だが、だからといって、これに身体を暴かれるのには抵抗があった。

だが、やれることは試してみるべきではないか。それがたとえどんなことでも。

「わかった。けど、見ているだけじゃなくて、アドルファスも触ってくれるなら……」

一人で悶えているのは嫌だ。

ルゼが言わんとしていることを彼はきちんとくみ取ってくれたらしく、一瞬虚を突かれたような顔をして、それから嬉しそうに笑って頷いた。

「ああ、もちろん。もとよりそのつもりだよ」

そんなに喜んだような顔を見せないで欲しい。こっちは死ぬほど恥ずかしいのを耐えて了承したというのに。

「では、君の部屋で待っておいで。すぐにこいつを連れて行くから」

そう言われてルゼは頷き、もと来たらせん階段を上がっていく。その間ずっと頬が火照って、心臓がどきどきと走りっぱなしだった。


「下準備として、こいつにあらかじめ採取しておいた君の体液を摂取させた。これでもうこいつは君の体液が大好物となった」

アドルファスはほどなくして大きな壺を抱えて部屋にやってきた。壺の中からはひっきりなしに粘着質な音が響き、あの生物が蠢いていることがわかる。

「ちょっと待て。そんなものいつの間に採取したんだ？」

「え、君が気を失っている間に」

「……」

勝手に採るなと文句を言いたかったが、今更そんなことを言っても無駄だろうなという思いがあった。こうやって次第に懐柔《かいじゅう》されていくのかもしれない。

「さあ、服を脱いで」

「わ…わかってる」

これは解呪のための行為だ。そう自分に言い聞かせてルゼは衣服を脱ぐ。けれど視線を感じて思わず手が止まった。

「何を見ている」

「そりゃあ見るだろう」

これまで口に出すことも憚《はばか》られるようなことを何度もしてきたのに、今更裸を見られるのが恥ずかしいだなんて変かもしれない。

「アドルファスは、意外と俗なところがあるんだな。魔法使いというのはもっと超然としているものかと思ったが」

そういうと彼はおかしそうに笑った。

「僕は俗な男だよ。昔からずっとね。……それは、あの男も一緒かもしれないが」

ルゼは服を脱ぐ手を止めてアドルファスを見る。

「俗な男だからこそ、君に祝福を植え付け、更に呪いまでかけたんじゃないのかい？　……彼は今頃、僕にひどく腹を立てていると思うよ。何せ先に目をつけたのは彼なのに、横から違う魔法使いにかっさらわれたんだ」

もっとも、と彼は続けた。

「奴はあまりにもアプローチが下手すぎた。手に入れたいのなら、君に嫌われないようにもっとうまくやるべきだ」

「……アドルファスだって、それほどどうまくやっていたとは思えないが」

昔のことを暗に指摘すると、彼は肩を竦める。

「手厳しいな」

アドルファスは苦笑したが、悪びれた様子はない。

「だから、挽回させてもらおうと思っている」

彼はルゼの肩を抱き、唇を啄《ついば》むように口づけた。甘い眼差しがルゼを包んで、つい絆《ほだ》されそうになる。

「解呪の処置だからといって硬くなることはない。せっかくだから愉《たの》しめばいい。今までみたいに」

「あっ」

とん、と肩を押されたルゼはベッドの上に倒れ込んでしまった。アドルファスを見上げると、彼は壺の中に両手を入れ、その中の生きものを取り出す。

「う……」

見た目はかなり抵抗がないように改良されている。つるりとした限りなく透明な塊の中には、綺麗な色の花のような器官が見える。おそらくそれがこの生きものの内臓の役割を果たすのだろう。

「始めるよ」

「わ、わかった」

ルゼが頷くと、彼はその生きものをそっとルゼの腹の上に乗せた。

「ふっ！」

生暖かい、ぬるりとした感触が身体に広がり、昔のことを嫌が応にも思い起こさせる。だがそこからすぐにアドルファスの魔力の波動を感じ、覚えのある感覚に嫌悪感が薄れていった。

「大丈夫そうかい？」

「……た、多分」

「それにはあらかじめ僕の魔力をたっぷり注いである。きっと奴の呪いを削ってくれるはずだ」

「そうでなかったら困る」

半ば強がりを口にすると、彼はにこり、と笑った。すると触手は突然形を変え、ルゼの手足に絡みついてくる。

「ああっ⁉」

それはまるで拘束するように巻きついてきて、ルゼは両腕を頭の上で押さえつけられてしまった。両脚も開かされたところで、触手は侵食するように褐色の肌の上を犯していく。細い触腕が胸の突起を捕らえ、転がすように刺激していった。まるで人間の舌のような濡れた感触に背筋がぞくぞくとわななく。

「はっ、あふっ…、んんっ」

ルゼは口から思わず甘い声を漏らした。敏感な部分を執拗に刺激していくそれの動きに、快楽に弱い身体は素直に感じてしまう。両の乳首はたちまち硬く尖り、膨らんで、いやらしく弾かれたり、揉まれたりしていた。

「ああっ…、ああっ、あっ」

「どう？　気持ちいいかな？」

シーツの上で思わず身を捩ると、アドルファスが覗き込んできた。その瞬間はっと我に返ったルゼは恥ずかしさを思い出してしまう。快感にヒクつく身体を隠そうとしたが、触手に拘束されてろくに動けない。

「ああ、や、だ…、見る、なっ……」

「酷なことを言う」

アドルファスの指が唇をなぞる。薄く開いたそれに、彼は唇を重ねて吸ってきた。

「んん、ふ、ん……」

肉厚の舌に絡みつかれて舌をしゃぶられると、気が遠くなりそうになる。感じやすい口腔の粘膜を舐め回されると腰の奥に快感が走った。

「ああ、ん、はぅ、う……」

触手に愛撫されながら濃厚な口づけを受けて、頭がくらくらする。

「こんなに可愛くていやらしい君を見ない手はない。——さあ、もっと可愛くなってもらうよ」

アドルファスの言葉と共に、それがまた大きく蠢いた。粘液を滴たらせるような触腕がルゼの身体の至るところを撫で回す。それは無防備に晒《さら》された腋の下や脇腹にもおよび、ねっとりとくすぐるように何度も舐め上げられた。

「っあ、あ、ア、んぁぁあああんっ」

異様な刺激にルゼの背が大きくしなる。弱いところをいくつもの舌で嬲られ、くすぐったさと快感が混ざり合う。これは耐えられない。

「ふあ、あっ、やっ、あっ、こ、これ、やだ、脇、や……っ、く、くすぐったい、から……っ」

「くすぐったいだけじゃないだろう？」

囁くようなアドルファスの声に、ルゼはぶるぶると身震いした。淫らすぎる触手の愛撫に全身がぞくぞくとわななき、奥からせり上がる疼きに腰を浮かせている。これだけ執拗に弄られているというのに、脚の間はまだ何もされていなかった。腹の奥がきゅうきゅうと収縮を繰り返している。ルゼの肉茎は涎《よだれ》を垂らしながらそそり立って、そこを可愛がられることを待ちわびていた。

「ああっ、ここ、ここ、もっ……」

「もう少し我慢しておいで」

「ひううっ」

アドルファスの指先で根元から先端までを一度だけ撫で上げられる。けれどそれはすぐに離れてしまった。ルゼの尻が彼の指を追いかけるようにぐぐっ、と持ち上がる。腋の下のくぼみを触手の先端でかき回されて、あられもない声が上がった。

「ああんんんっ」

同時に乳首をくりくりと転がされ、喉が反り返る。体内で凝った熱が駆け巡っていた。放って置かれているのに、紛れもない快感が股間へ下りてくる。

「あっ、あっ、きもち…い…っ、イっ…くう……っ」

「いやらしいね。触手にくすぐられてイくなんて」

「あうう、あぁぁあ」

優しく言葉で嬲られて、興奮と快感に頭の中が沸騰した。足の付け根までこちょこちょと嬲られて、ルゼの肉体に限界が訪れる。

「ふああっ、イくっ、いくうぅぅう……っ！」

腰の奥から死ぬほど切ない快感が突き上げる。感じる場所を舐め回され続け、ルゼはとうとう屈服した。がくがくと下半身を痙攣させながら、肉茎の先端からびゅくびゅくと白蜜が噴き上がって褐色の肌の上に散っていった。

「くふううう…っ」

絶頂の余韻がルゼを淫らに苦しめ、びくびくと腰が揺れる。精を吐き出しても快楽を極めていない肉茎は、未だ苦しそうにそそり立ったままだった。その奥の後孔の入り口も、物欲しげにヒクヒクと蠢いている。

「……ルゼは本当に可愛くて、意地悪したくなるよ」

「……やっ、や…っ、意地悪、しな…でっ」

口ではそう言いつつも、ルゼはもう興奮しきっている。閨《ねや》の中でアドルファスがする甘い意地悪は悦びでしかなかった。きっと彼が何をしてこようと、ルゼは受け入れてしまえる。

「虐めたりなんかするもんか。僕はルゼを可愛がりたいんだ。うんとね」

触手の動きが変わる。下肢のほうに移動したそれが、それまで放って置かれた肉茎を覆った。剥き出しにしたびっしりとした肉突をぐじゅ、という音をさせてそれに扱き上げられ、擦られる。一転して腰が抜けそうなほどの快感に包まれた。

「あ、あ、あぁぁ――〰〰っ」

根元も裏筋も先端も、全部一度に責められてしまう。ぞるるるっ…と肉突で舐められ、腰骨が痺れるほどの刺激に襲われた。

「ひ――〰〰…っ、あっ、あっ、いいっ、いいっ」

美しい顔を喜悦に歪めて、ルゼはベッドの上でのたうつ。その間も触腕による愛撫は続いていた。感じるところをずっと虐められておかしくなりそうになる。はしたなく尻を浮かせ、肉茎を嬲られる快感に内股を震わせた。

「ここに欲しかったんだろう？　こんなに腰を振って…。嬉しいかい？」

「あっ、んっ、う、うれ、し…っ」

ルゼは問われるままこくこくと頷く。まるで柔らかい歯で噛まれ、吸われているようだった。あまりの快楽に腰を引いて逃げることもできず、ルゼは啼泣する。

「ああ、ああ、イくっ、〰〰〰〰っ」

声にならない声を上げ、思い切り吐精した。噴き上げたものを先を争うようにして啜り上げられ、その刺激にまた悶絶する。足の指がすべて快感で開ききっていた。

「ああっ…あぁぁあ…っ」

そうしてまた包み込まれ、揉みくちゃにされるのにひいひいと泣き喘ぐ。剥き出しにされた先端の皮の中や、切れ目の奥まで這入ってきて舐めくすぐられるのがたまらなかった。ルゼは何度も仰け反って二度三度と達し、アドルファスの目の前で痴態を繰り広げる。

「ルゼ、ここが少し薄くなってきたよ」

「あう…あああ…っ」

アドルファスの手が下腹を撫でた。そこは淫紋があるあたりだ。

「やはりこの方法は有効らしい。では、もっと積極的にいこうじゃないか」

「ふ、あっ⁉」

肉茎に触腕が巻きつき、先端が露出する。そこはさんざんに虐められて充血して丸く膨らんでいた。

「君の中と外の両方からアプローチしてみよう」

「え、あ…っ？　ひ、あああっ」

先端の小さな蜜口。その入り口に極々細くなった触腕が這入り込もうとしている。その事態にルゼは思わず抵抗しようとしたが、腰がくだけてしまっていてどうにもならなかった。

「怖がらなくていい。痛くないよ。むしろ素晴らしい気持ちになるはずだ」

「や、だ、それっ、あ、あっ！　……あくううんっ！」

こじ開けられた蜜口の中に触腕がずるりと這入って来た。その瞬間、背筋にぞくぞくぞくっと官能の波が走る。

「～～～～っ、あっ、ひ…っ！」

快楽の神経を直接舐められているみたいだった。狭い蜜口に挿入された触腕に過敏な粘膜を擦り上げられる。痛みなどまったくない。それどころか、熔けてしまいそうな快感に下肢を占拠された。

「あぁあぁあ」

勝手に零れていく嬌声。脳髄が灼けつきそうな快感にルゼは理性を手放してよがった。細い触腕は狭い精路を優しくねぶるようにちゅくちゅくと動く。

「くう、ううんっ！　あああっ」

とっくに達しているような快感なのに、精の通り道である場所を塞がれているので吐精が叶わない。

（このままだと……また…っ）

また出さずにイってしまう。終わりのはっきりしない、あの死ぬほど切ない絶頂がやってくる。そしてそんなふうに懊悩《おうのう》するルゼの前で、アドルファスが自分の衣服を脱ぎ捨てた。

「さあ、ルゼ……、僕の魔力を直に受け止めてくれ」

「えっ、あぁ…っ、んあぁっああっ、んんん――～っ！」

触腕で精路を責められ、ありえないほどの快感に悶えている最中にアドルファスのものが挿入される。ずっと収縮を繰り返し、腹の奥を疼かせていたルゼの肉洞は彼の男根を嬉しそうに頬張っていった。そしてそんな快感に耐えられるはずもなく、ルゼは否応《いやおう》なしに絶頂を迎えてしまう。

「あっあっ！　イく、いく…っ、ふあ、んんぁああ～～っ！」

入り口から奥をこじ開けてくる熱の塊に圧倒され、全身が燃え上がった。強烈な快感にアドルファスのものを強く締め上げる。凶悪な彼の形がはっきりとわかって恍惚となった。

「あ、すご、んぁ、あっ、ああっ…！」

けれど堪えきれないもどかしさにルゼは喘いだ。精路を塞いでいる触腕のせいで射精することが出来ない。

「ああっ、あっ、お、終わらなっ……、んん、ひゃあっ！」

そのせいか一向に引いてくれない極みに息も絶え絶えになっているというのに、体内のもののにずん！　と突き上げられる。悲鳴じみた嬌声が反った喉から漏れた。

「ひ…ぃ、あぁ〰〰っ、あ――〰〰っ！　い、イってる、のに、い……っ！」

「まだまだ、これからだよ。君にさんざんいやらしい姿を見せつけられて、僕も興奮しっぱなしなんだ」

「んぁんっ、ぅんっ、ふううんんっ」

これは解呪のための行為ではなかったのか。そんなことがちらりと頭の隅をよぎったが、もうどうでもよくなった。何しろ気持ちがよすぎて何も考えられない。敏感な精路と肉洞を同時に犯されて、アドルファスが一突きするごとに達してしまうようだった。入り口から奥までを何度も擦り上げられて気が遠くなりそうになる。

「あひ…い…いい…っ、ああっ、あううんん…っ」

「またイったね。そんなに締めたら痛いくらいだよ」

「んああっ、もうっ、もうっ…、だ、だし、たいぃ…っ」

押さえつけられていた腕が離され、自由になった両腕で必死にアドルファスにしがみついた。

「さっきからイっているだろう？　出さなくてもイけるじゃないか」

「ああ、んんっ…」

口を塞がれ、震える舌をねっとりと吸われる。その快感にも夢中になりながら、ルゼは身体の奥でアドルファスを締めつけた。

「や、ああ…んんっ、や、ああ…っ」

「ほら、ここ…、たまらないだろう？」

アドルファスがズン！　と腰を突き上げてきた。その場所が精路を犯す触腕とで挟み込まれるような感覚に襲われ、恐ろしいほどの快感がやってくる。

「――――ア！　あ、は、あああぁぁあっ、～～～～っ！　イくうぅう…っ！」

もうイっていると思ったのに、更に大きな絶頂に呑み込まれ、揉みくちゃにされた。腹の奥で快感がどろどろと渦巻いて、ぐつぐつと煮えたぎっている。ルゼは先ほどからイきっぱなしになっていた。張りつめた下腹がひくひくと震えている。

「……どうかな？　最高の気分だろう？」

「あう、ん、ふあ……っ、あああ、す、ご…い、とける、腰、熔け……っ」

肉洞を奥まで穿《うが》たれ、精路をくちょくちょと音を立てながら嬲られて、あまりの気持ちの良さに我を忘れた。感じる粘膜に容赦のない快楽を与えられ続け、口の端から唾液を零しながらいやらしい表情で喘ぐ。

「んあぁあ――～～っ、そこ、擦らない、で、もう、うっ、あああ、いくうう……っ」

「もう少し我慢しておいで」

「いぁああ、がまん、できない、あんうぅうう」

ルゼは自ら腰を浮かせ、淫らに振り立てた。後ろに咥え込んだアドルファスの男根にずろろろ…と内壁を擦られる度、全身がぞくぞくとわななく。

「こら。……悪い子だ」

「あっ！　あんんんっ！」

咎めるように乳首を強く吸われ、お仕置きだと言わんばかりに歯を立てられて、ルゼは悲鳴を上げた。そこでも達してしまい、彼のものを身体が望むままに締めつける。

「もうすぐだよ、ルゼ…、もうすぐ、僕の魔力が君の身体中に満ちる」

「あ、あ、はやく、はやく、はやくっ……！」

アドルファスの言う通り、彼の魔力がいつになくルゼの中に浸透していくのを感じた。それは熱くて、優しくて、泣きたくなるほどに心地よい感覚で、ルゼは彼の魔力を感じる度に酔いしれてしまう。

「よし…、いくよ、ルゼ。君の奥で受け止めてくれ」

彼の律動が深く速いものに変わっていく。重い衝撃が頭の真っ心まで快感となって突き抜けていった。

「ああっあっ、アドルファスっ、きて、いっぱい、出して…えっ…！」

浅ましくねだる言葉を口に出した時、腹の中に火傷しそうなほどの熱い飛沫を叩きつけられる。

「――――〰〰っ！」

がくん、と身体が大きく跳ね、一瞬おいて凄まじい快楽がやってきた。

「あっ、アっ！　すごい、すごいのくるっ、んあ、あっ！　ああぁぁぁあ――――〜〜〜っ」

腰が砕けるかと思うほどの絶頂が二度、三度と押し寄せてくる。ルゼはその度に身体をのたうたせ、淫紋の刻まれた下腹をびくびくと引き攣《っ》らせながら極みを味わった。アドルファスも堪えていたものを一滴残らずルゼの中に注ぎ込むように何度も腰を打ちつける。

「ルゼ……」

「んんんっ…んっ」

口を塞がれ、深く舌を絡められて吸われると息が止まりそうになった。腹の中がきゅうきゅうと引き絞られる。

「ああ……あんっ……」

舌先をくちくちと絡め合いながら、頭がくらくらとする感覚に恍惚となった。普段は魔法使い然とした知的で穏やかな彼の雄の表情に陶然としてしまう。

「……可愛いルゼ。さあ、最後の仕上げだよ」

汗に濡れた額に、アドルファスが口づけてきた。何を、と見やると、脚の間で勃ち上がりきったものをそっと撫で上げられる。

「んんうっ」

後ろでの絶頂があまりに強烈だったので意識がそちらにいっていて忘れかけていた。ルゼの

肉茎は、未だに精路を触腕に塞がれたままだったのだ。思い出した途端に堪えきれない射精感に苛《さいな》まれ、思わず背中を仰け反らせる。

「今からこいつを抜いて、思い切り出させてあげよう。お待ちかねだったろう?」

「う、ん、ん…んん……っ」

やっと吐き出させてもらえる。その思いに、ルゼは瞳を潤ませながらこくこくと頷いた。

「ずっと我慢していたから、そのぶん気持ちいいだろう——。覚悟しておいで」

「あ……っ」

脅すような言葉にルゼは肌をわななかせる。こわい、と思ったが、同時に期待すら感じていた。今のルゼは被虐に支配されていた。

アドルファスは触腕を掴むと、ずるずるとそれを引きずり出していく。精路をゆっくりと擦られていく感覚にがくがくと腰が痙攣した。

「あ、ひぃ…っあああっ、〰〰〰っ」

ずりゅん、という音とともに、触手がルゼの下半身から離れていく。その途端、腰の奥から凄まじい快感が込み上げてきた。今まで虐められていた蜜口から、愛液がぷしゃあっ、と勢いよく噴き上がる。

「あぁあ————っ」

でる、でる、と譫言《うわごと》のように繰り返しながら、ルゼは白蜜と、そして無色透明の液体を撒き散らした。

「潮を噴いたね」

アドルファスのそんな声が聞こえたが、ルゼは何が何だかわからなかった。ただ、精路の中を液体が駆け抜けていく感覚が、途方もなく気持ちがいい。

「全部出してしまうといい。ほら……」

「あっあっ！　さ、わらないで……え…っ、また、出る…っ、んあ、あああんんっ」

まるで乳でも搾るように、アドルファスの指がルゼのものを根元から扱き上げてきた。たまらない刺激に、ルゼの蜜口がぴゅくぴゅくと悶えるように開閉し、液体を零す。

「可愛いよ、ルゼ…」

「あーっあぁぁ、ゆ、るして、え……っ！」

あまりの快感に哀願するルゼに宥《なだ》めるような言葉をかけながら、アドルファスは指の動きを止めなかった。

ルゼは何度も卑猥な言葉を垂れ流し、下肢とアドルファスの指をしとどに濡らして、気を失うまでイカせられるのだった。

ベッドの上はそれはもうひどい有様だった。惨状という言葉がこれほど合う光景もないだろう。シーツはくしゃくしゃに乱れ、ルゼの身体は自身と触手の体液にまみれてぐしょ濡れになっていた。

指一本動かすのも怠い。それでも重い瞼《まぶた》を開けてみると、アドルファスが湯と清潔な布でルゼの身体を丁寧に拭き清めていた。

「……っ！　あ、ごめ…っ」

自分でやる、と上体を起こしかけて、身体にうまく力が入らないことに気づく。

「無理しなくていい。今日は少し無理させてしまったから」

「……」

正直、無理なんてものではなかった。まだ後ろに何か入っているような感じがする。だが身体を這い回っていた触手生物はもういなくなっていた。今は壺の中で静かにしているようだ。

「術式はうまくいったみたいだよ。……腰上げて」

「あっ…」

アドルファスが後孔の入り口を押し開くと、中から彼の放ったものがあふれ出てきた。そこを始末されるのは初めてではないが、いつも恥ずかしさに赤面してしまう。

「見てごらん。薄くなっているだろう」

「え」

下腹を指されて視線を落とすと、褐色の肌に白々と浮かび上がっていた淫紋が薄くなり、ところどころ掠《かす》れている。ルゼはその様を見て驚きに目を見開いた。

「やはり思った通りだった。これを通して魔力を注ぎ込むと、奴の術を削ることができた」

彼のことを信じていなかったわけではない。だがいざ結果を目の当《ま》たりにすると、アドルファスという稀代の魔法使いの力をまざまざと見せつけられた気分だった。

「……アドルファス」

「うん？」

「……アドルファスは、すごい……」

姉を庇って淫紋を刻まれた時は為す術《すべ》がないと思っていた。最初に彼に抱かれた時も対処療法でしかないと思っていたが、まさか本当にこうしてサイラスの呪いに対抗できるとは。

「期待してなかった？」

「……すまない」

「いいよ、無理もないさ。淫紋は生きものの本能に訴えかける呪いだ。シンプルなだけに抗うのは難しい。僕もやったことはなかった」

彼はルゼに対して微笑みかけた。

「この呪いはなんとしても解かないとと思ったからね」

「……どうして？」

「同じ呪いなら僕がかけたい」

ルゼは自分の心臓がまたどくんと跳ね上がるのを感じた。アドルファスの執着を感じる。そのことがどんなに陶酔をもたらすのか。ルゼは未だに信じられないでいた。意地悪で優しいこの男が自分を特別に思っているだなんて。

「今の僕は、早く君を自分だけのものにしたくて動いている。それだけだ」

「アドルファス……」

ルゼは言葉を返すことができなくて、ただ彼の名を呼ぶ。

このまま里も家族も捨てて、彼と共にあれたらそれは魅力的なことだと思った。世俗を捨てた彼のように。

けれど自分にはまだそれはできない。どんなに冷たくされたとしても、あの里がルゼの故郷であり、家族がそこにいるのだ。

自分にもまだやるべきことがあるはずだ。それを確かめない限りは彼のことを好きだと言えない。

早く呪いを解きたい。そのためならどんなことでもしなければ。

「もう身体を休めたほうがいい。後の始末は僕がするから、君は眠るんだ」

「――……」

確かに彼の言う通りで、濃い疲労と倦怠感《けんたいかん》がルゼを包んでいる。

「おやすみ」

アドルファスに抱きしめられ、瞼にそっと唇が下りてくる。

ルゼは自分の思慕を使命で覆い隠すようにして、彼の腕の中で目を閉じた。

それから数日後、いつもは庭で昼寝をしていることのほうが多い翼竜のツィギーの姿が見えなくなった。里に帰ったのだろう。しばらくはルゼのことが気になったのかここにいてくれたが、本来は姉のプリシラを主人とする翼竜だ。寂しくはあるが仕方がない――――。そう思っていると、ツィギーはまた突然姿を現し、ルゼ達の前に降り立った。首元の籠に手紙が入っている。先日の父親からの冷たい文のことを思い出したが、どちらにしろ大事な連絡だろう。読まないわけにはいかない。そう思ってルゼは手紙を広げた。

それはプリシラからの文だった。

親愛なるルゼルディア。そんな一言で手紙は始まった。

「――――」

「どうしたんだ、ルゼ」

手紙を手にして動かないルゼに、アドルファスが怪訝そうに声をかける。

「またろくでもない実家からの手紙かい？」

先日の父からの便りを見たアドルファスは、それまで見たこともないような冷たい目で文面を眺めていた。彼は何も言わなかったが、ルゼの家族について思うところがあるのは隠すつもりはないらしい。ルゼ自身、今度はプリシラに、またあんなふうに言われたら――――と恐る恐る読み進めたが、その表情は落胆とは違う硬いものに変わっていく。

「――――アドルファス」

ルゼは顔を上げ、深刻な面持ちで伝えた。

「里が、サイラスに襲われているらしい」

「奴が動いたと？」

「里とサイラスの領地の境目で、彼の軍と小競《こぜ》り合いを起こしているらしい。けれど、日に日に戦況は悪くなっていっているとか」

「それで、君の家族は何と？」

「……できれば、助けて欲しいと」

姉の手紙には、父に逆らえずルゼのことを悪く言ってしまったことを謝罪する旨《むね》がしたためてあった。虫のいい話だが、手を貸して欲しいと。

「君は確か弓の名手だったね」

「エルフは皆そうだ」

「その中でも君は特に適性があったというわけだね。助けを請われるほど、里にとって役に立つのも君だというわけだ」

アドルファスの口調には棘《とげ》があった。彼の魔法の力を借りれば、戦局はあるいはもっと有利になるやもしれない。だがこれ以上アドルファスに助力を頼むことはできないだろうとルゼは考える。ただでさえ淫紋の解呪で手を患わせているのだ。もう甘えるわけにはいかない。

ルゼもまた逡巡した。これまで家族からは距離をおかれていたため、必要とされると無下《むげ》にしにくいものがある。だがプリシラがこう言っているとはいえ、自分が行って本当にいいものだろうか。

「放っておけばいい」

アドルファスは冷ややかに言い捨てた。

「呪いをルゼに押しつけ、あまつさえ突き放すような連中だ。わざわざ戻ってやるべき価値があるとは思えないけどね」

アドルファスの言うことは一理ある。だがここで見捨ててしまって、本当に自分は後悔しないだろうか。家族のことは置いておくとしても、あそこは自身が育った場所だ。民の中にはルゼを慕ってきた者もいる。里の者が悪戯に傷つけられるのを見過ごしていいとは思えない。

「アドルファス――――、俺は行こうと思う」

「……ルゼ」

「父や母や兄姉達にどう思われようと、俺もまた王族の一員なんだ。里が危機的状況にあるというのに、一人だけ安全な場所にいられない」

彼の側を離れがたいと思った。何度も繰り返した情事に、甘い囁き。ここにいる時、ルゼは確かに幸せだった。

「ありがとう、アドルファス。なんてお礼を言っていいかわからない」

解呪のことだけではなく、ルゼを好きだと言ってくれたこと。溺れるほどの熱を与えてくれたこと。生きて戻れるかわからないから、伝えられるうちに伝えておこうと思った。

「アドルファスのこと、好きだった」

鼻の奥がツンと痛んで、涙が溢れそうになってくる。それを見られないうちにルゼは踵を返し、ツィギーの側に駆け寄った。

「――待て待て。過去形にしないでくれ」

背後から声をかけられる。

「僕がなんて言っても行くんじゃないかとは思っていたよ。……まあ、そういう君だから放ってはおけないんだが」

彼は至極不本意そうな、仕方なさそうな表情でため息をついた。

「僕も行くよ」

「え、……でも」

「ルゼがどうしても行くと言ってるんだ。ついていかないという選択肢は僕にはない。サイラスとはいずれ話をつけないといけないと思っていたしね。呪いの元をぶん殴って解呪したほうが手っ取り早いし」

「いいのか」

「渋々だよ。君に勝手に死なれちゃ困る。せっかくいい感じになってきたのに」

アドルファスの腕が伸ばされ、ルゼは抱き寄せられた。

「さっさとサイラスをやっつけて、ここに帰ってこよう」

「――――」

彼はここに帰ると言った。ルゼのいる場所はもうここなのだと。そのことがひどく嬉しくて胸の中が熱くなる。

「うん」

許されるだろうか。

まだ自分の中にためらいを残しながらも、ルゼは小さく頷いた。

　ルゼはツィギーに騎乗し、猛禽に姿を変えたアドルファスと空を飛んで里の上空に着いた。

――空気が変わっている。

　領地の境目は樹木が密集した森になっている。そこは枝葉を広げた木々のせいで昼間でも鬱《うっ》蒼《そう》と暗い。サイラスの領地に近づくにつれ、魔法が得意ではないルゼでさえ荒涼とした魔力の波動を感じていた。それは死の匂いに近い。動物すら近寄りがたく思わせる空気が、森の外にまで浸透してきていた。そしてそこここに配置されている武装した兵士達。彼らは上空を飛ぶツィギーとアドルファスを胡乱《うろん》な目で見上げていた。

　ルゼは王宮へと向かう。翼竜のために設けられた城から張り出したテラスへとアドルファスと共に降り立った。彼は巨大な翼を折りたたむと、人の姿へと戻っていく。

「――ルゼ！」

　その気配を感じ取り、プリシラがこちらに駆け寄ってきた。

「姉上」

「ああルゼ――、元気そうでよかった。ここを発《た》った時にはどうなることかと思ったけど」

　プリシラはルゼの頬を両手で包むと顔を覗き込んでくる。そしてすぐに後ろに立つアドルファスに気づいた。

「お久しぶりね、アドルファス。今回は大変なことをお願いしてごめんなさい」

「構いませんよ、エルフの姫。僕としても有意義な時間を彼と過ごさせてもらった」

「そう、なの……？」

プリシラが怪訝そうにルゼとアドルファスを見る。彼女はとにかくアドルファスを頼れと送り出してくれたが、彼ならなんとかしてくれるかもしれないと思っただけで、実際に何が行われていたのかは知らないのだ。

「それより姉上、状況は？」

「あ、ええ、そうね」

半月前のことよ、とプリシラは説明を始めた。

サイラスは自分の領地から、彼の配下である亜人種――オークやゴブリン、それにアンデッドなどをこのリフィアに送り込み、度々攻撃を仕掛けてきた。一気に城を目指すかと思われたそれはあたりを適当に破壊すると退いていく。嫌がらせのような襲撃を繰り返され、兵や民も疲弊《ひへい》し始めていた。

「奴らしい陰湿な手だ」

アドルファスの言葉にプリシラは頷いた。

「それで、お兄様はこちらからも攻めるべきだっておっしゃって、でもお父様は反対して……。

城の中の空気もギスギスしてて最悪なの」

「今は、父上達は？」

「お父様の執務室にいるわ。あなたが来たら連れて来いって」

「わかりました」

「ルゼ」

咎《とが》めるようにアドルファスに呼ばれて振り返ったルゼは大丈夫だというように小さく微笑んでみせた。

プリシラに連れられ、ルゼはアドルファスと共に王の執務室へと向かう。近づくにつれて次第に重くなる足を意志の力で動かした。

「お父様。ルゼルディアが参りました」

「入れ」

執務室のドアが開かれた。ここは王の政《まつりごと》のための部屋で、壁一面の本棚には書物や資料がぎっしりと詰め込まれ、重厚な木で作られた机の上には地図や書類が載っている。鼻に香る紙やインクの匂い。ルゼにとって父は怖く近寄りがたい存在であったが、同時に民を守り導く国王として尊敬する存在だった。

「戻ったかルゼルディア」

「はい。無断で里を出たこと、どうかお許しください」

ルゼは殊勝に頭を下げた。

「そのことはプリシラからも聞いたがな。まあ褒められたことではないが、お前にも事情があったことと見える」

状況が変わったせいか。父はあの手紙の内容からうかがえる冷淡さとは考えられないほどの寛容な話しぶりだった。だがルゼの後ろに立っているアドルファスに気がつくと、途端に怪訝そうな表情が浮かぶ。

「君は確か……」

「ご無沙汰しております、イドラ陛下。その節はお世話になりました」

アドルファスはにこやかな笑みを浮かべながら父に対して礼をとった。

「ああ、アドルファスといったか。今回はルゼルディアが迷惑をかけたそうだな」

「いいえ、迷惑など。彼と共に、大変楽しい時間を過ごさせてもらっています」

父に対してアドルファスが何を言うか、ルゼは少しひやひやしていた。呪いを解くためにどんな方法で何をしていたか、かけられた呪いの種類を考えればだいたい想像はつきそうなものだったが。

「それで、呪いは解けたのか」

「いいえ、まだ完全には……」

父はアドルファスではなくルゼに対して訪ねた。ルゼが首を振ると、父はそうか、と答える。

「お前への手紙にひどいことを書いてしまった。あの時はどうやら動揺していたらしい。許してはくれまいか」

「……いいえ。父上がご立腹なされるのも当然のことです」

父の言葉が本心からのものだと思うほどルゼもおめでたくはなかった。それでも辛辣《しんらつ》な言葉を直接投げられないだけ、いくらかは嬉しいと思うほどには情がある。それを諦められていない自分が少し哀れだった。

「実はな」

そんなルゼの返事に、父はあからさまにほっとしたようだった。

「サイラスがお前を寄越せと言っている」

「――――」

ああ、やはり、と自分の懸念が当たってしまったことに納得と失望を同時に感じた。今度こそは家族に必要とされているかもしれない。子供の頃から何度もそう思って、その度にそれは叶えられなかった。

「……私を？」

今度もおそらくそうなのだ。物心ついた時から、ルゼは家族の中に入れない。

サイラスの祝福があるせいで。

「これは皆で相談して決めたことだが」

父は機嫌が良さそうな素振りを隠そうともせずに言った。ルゼがいつも通りの反応を見せたのでほっとしているのかもしれない。

「戦線は今、小康状態だが、いつまたサイラスの軍が攻めてくるやもしれない。我々の軍も損害が出ている。これ以上侵攻を許せば、里の者にも被害が出るだろう。サイラスはお前を寄越せば、軍を退かせると言ってきた」

父の言葉を受け、ルゼは兄姉達を見回した。上の兄達はルゼと視線を合わせようとはせず、明後日《あさって》のほうを向いていた。関心がないのだ。さっさと頷けという態度を隠そうともしない。一番ルゼに優しくしてくれているプリシラさえも下を向いて黙っている。父にはやはり逆らえないのだろう。ルゼは小さくため息をついた。

「わかりました。参ります」

「そうか」

父は笑みすら浮かべて言った。

「挨拶に来るだけでいい、すぐに帰してくれるそうだ」

おそらく嘘だ。サイラスがそれだけでルゼを帰す意味がわからない。だが父の口から状況を聞かされれば、ルゼは行くという選択肢以外残されていないのだ。

「お前の勇気に感謝する」

「ありがとうございます」

ここがどんなに冷たい場所でも、この里はルゼが生まれ育った場所だ。そして里の者がルゼを敬ってくれるのは、王族としての責任を負っているからだ。

「ルゼ、君は――――」

背後からアドルファスの怒気が伝わってくる。ルゼは片手を上げてそれを制した。

「そうそう、サイラスは、お前一人で来いと言っていた」

「了解しました」

アドルファスは何かを言おうとしたが、非常に不本意そうな表情を浮かべながら押し黙る。もうここにいたくない。ルゼは頭を下げると、早々にその場を辞去するのだった。


「さっきは我慢してくれてありがとう」

「僕の忍耐力を褒めてほしいね」

廊下を歩きながらアドルファスがイライラとした口調で呟くのを、ルゼは横目でちらりと見上げた。

「あそこで王をやり込めるのは簡単だった。だがそれでは君の立場がないと思ったからね」

「うん」

あの場でアドルファスに好き放題されたのでは、部外者に庇われたとして本当にルゼの面目が立たなくなるところだった。もともとないに等しいそれだが、形式上あるのとないのとでは大違いだ。アドルファスがそれを理解してくれたのは嬉しかった。

「だが、まさか本当に一人で行くんじゃないだろうな」

「行くけど」

「正気か⁉」

彼は今度こそ声を荒げ、ルゼの腕を掴む。

「冗談じゃないぞ。それは許さないからな!」

「この里でサイラスと全面対決するつもりか?」

アドルファスの姿を見れば、サイラスはこの里にすぐさま兵隊を送り込んでくるだろう。それを指摘されると弱いらしく、アドルファスは顔を顰《しか》めた。

「……致し方ない、とは言いたくないが……、考えがないでもない」

「本当か?」

「君に危害を加えられたくないからな」

彼はルゼの手を引っ張り、部屋へ案内しろと言った。

「変なことするつもりじゃないだろうな、こんな時に」

「それは魅力的なアイデアだが、さすがの僕も状況をわかっているつもりだよ。――

ちょっとした仕掛けをする」

そんな彼に少し戸惑って、ルゼは首をひねりながら、アドルファスを私室に案内するのだった。


サイラスの領地に足を踏み入れると、そこは火薬や血や、そして獣の体臭の匂いがした。

ここで激しい戦いが行われたのだ。その時に失われた命のことを思うと、ルゼの心が痛む。

絶対にあの魔法使いをここから退かせなければならない。ともすれば竦む足を、その一心だけで動かし続けた。

ルゼは共を連れず、ただ一人で森の中を進む。そこは以前姉と共に歩いた場所で、ほんの数ヶ月前まではこんなことになるとは思いもしなかった。

(俺をどうするつもりなんだろう)

だが、サイラスの思惑がどうであれ、里への侵攻は止めてもらわないとならない。それが出来るのが自分だけなのだとしたら、どうしてもやり遂げなければ。

広く枝を張った木々には所々燃えたところがあり、空が見えていた。だが昼間だというのに陽が差してこない。里のほうは晴れだったというのに、闇の魔法使いの領地ともなれば太陽さえも厭《いと》うてしまうのだろうか。

森の奥へ進むと、やがて黒い岩石で覆われたような城が見えてきた。おそらくあそこにサイラスがいる。

重くなる足取りを叱咤《しった》して城に近づいた。見上げるような城門の前に立つと、目の前で勝手に扉が開いた。中はしん、と静まり返っている。

「――――」

ごくり、と唾《つば》を飲み込み、ルゼは黒く磨かれた床に足を踏み入れた。

「待っていたぞ」

「！」

突然声をかけられ、ルゼは身体を硬直させる。声のしたほうへと顔を巡らせると、そこには長身の黒い影があった。黒衣に闇のような黒髪。アドルファスと対を張る魔法使い、サイラスだ。

「久しぶりだな。俺がつけた証はまだその腹にあるか？」

「……サイラス」

ルゼは極力平静を装い、サイラスに向き直った。下腹の淫紋がじくく、と熱を持つ。術をかけたサイラスの近くにいるせいで、呪いが活性化したのだろうか。

「なかなか悪あがきをしていたようだな。他の男の匂いがする。あいつから魔力を注がれていたのか。まったく、すぐに俺のところに泣きついてくると思っていたのに。宛てが外れたとはこのことだ」

言っている言葉の意味とはうらはらに、彼の口調はどこか楽しそうだった。ルゼは両手の拳をぎゅっと握りしめた。呪いを植え付けられたからだろうか。目の前の魔法使いから来る圧がルゼを責め立てる。だが醸し出される空気に呑まれないように毅然と言い放った。

「今すぐに里から手を引いて欲しい」

「それはお前次第だ、ルゼルディア」

「……俺に何を？」

ルゼはずっと疑問だったことを口にした。

「そもそも、どうして――、俺が生まれた時、祝福を与えたんだ」

サイラスの祝福がなければ、ルゼの人生は違うものになっていたかもしれない。それはずっと昔から考えていたことだった。

「何故だと？」

ふふ、という笑いが聞こえてくる。

「リフィアの王に子が生まれると聞いてな。気まぐれで未来を視《み》てみた。すると、美しく成長したお前が、里にやってきた赤と金の髪の魔法使いと懇意《こんい》になり、ここを出て行く姿が見えた」

「え」

ルゼは呆然として声を漏らした。ルゼが生まれる前にサイラスが視た未来。それは祝福を与えられなかったルゼの姿だ。そして里に来た魔法使いというのは、おそらくアドルファスのことだろう。

「あの男とは昔から相容《あいい》れなかった。強大な力を持っているくせに、それを己の好奇心を満たすことにしか使わない」

その気になれば彼と自分とで世界を手に入れられるのに、とサイラスは続けた。

「それなのに美しく成長したお前を手に入れるのか。まったく気にいらない。だから祝福を与え、手付けにしたのだ。それ以降未来は予測不可能となり、見えなくなったがな」

長老に聞いたことがある。優れた魔法使いだけが使えるという先読みの力。だが、未来を視た上でそれに干渉してしまうと、因果が絡まり合い、変わった後の未来は見えなくなるという。

「これでもうあの男はお前に近づけまいと思った。だがそれなのに、お前はあの男の元に行った」

結局サイラスは、ルゼとアドルファスが出会う未来を変えられなかったのだ。

「忌々しい」

サイラスはその時初めて、感情を露わにするように荒々しく吐き捨てた。

「ルゼルディア。お前は俺のところに来るべきだったのだ。そして俺に可愛がられろ。もともとお前が生まれた時からそうするつもりだった。だから祝福を授けたのに、勝手に他の男のところに行きおって。これは仕置きが必要だな」

　勝手なことを、とルゼは思う。

「俺はそんなことを承知した覚えはない。王族なら国や民のための婚姻を結ぶことはあるが、それでも納得の上で行く。お前に一方的に決められる謂《いわ》れはない」

　するとサイラスは声を立てて笑い出した。

「――あの親兄姉の中で育ったお前がそのようなことを言うのか？」

「その原因を作ったのはサイラス、お前だ」

　もしもあの時、この男の祝福を受けていなかったら。

　家族達は、ルゼと普通に接してくれただろうか。

「問題ない。お前はいずれ俺の花嫁となる。所詮《しょせん》去るべき場所だ」

「違う。俺の居場所はお前のところなどではない。そうだったんだろう？」

　尚も否定すると、サイラスは眉を顰めた。黒衣に包まれた腕が伸びてきて、ルゼの手首を掴む。

「あの男だとでも言うつもりか」

「離せ」

「お前のことを生まれた時から目をつけていたのはこの俺だ。それなのに、横から出てきたあいつの元に行くつもりか」

許さぬ、とサイラスは呻くように呟いた。

「横から出てきたのはお前だ、サイラス！　それに、こんなことをされて、心惹かれると思うのか！」

運命がすべて決められたものだとルゼも思わない。だが多くの人を傷つけ、力ずくで我が物にしようとする男に惹かれる道理はなかった。

「ふん、奴もまた魔法使い。人の道から外れた以上、あいつとて大して俺と変わらぬ」

「――――」

確かに、サイラスの言葉にも一理ある。アドルファスにも昔、ひどいことをされた。彼が真っ当な人間だとは決して言えないだろう。

（けど）

けれどどうしてだろう。彼に執着されるのは、ひどく心地よいと思ってしまうのだ。

「……確かに、アドルファスとて外れ者だ。けど、同じ外れ者なら、俺は彼を選ぶ」

「ほう」

サイラスの目が鈍く光る。その瞬間、下腹の奥が脈打ち、そこがひどく熱くなった。

「う、あ……っ！」

淫紋の発作だ。強烈な反応に抵抗する力が抜ける。今にも膝の力が抜けてしまいそうなのを支えたのはサイラスだった。

「そんな口を叩いても、この淫紋が俺に反応している。俺の近くにいればこれはお前の精神に干渉し、心もまた俺を求めるようになるだろう」

「そ、そんな、ことで、満足なのか……っ」

それは本当のルゼの心ではない。呪いで無理やり言うことを聞かせるような真似をしても、ルゼの本心ではないというのに。

「かまわんよ。真心などというものは、どうせ目には見えない」

サイラスはルゼの衣服を引き裂くようにして肌を露わにした。肌の上に刻まれた淫紋を目にして、ルゼは瞠目する。

アドルファスの術式によって色が薄くなった紋様が、褐色の肌の上にまたはっきりと白く浮き出ている。

――そんな。

「あの男と何やら小細工をしていたようだが、ここは俺の領域だ。魔法も俺に都合良く働く。初物でなくなったのは惜しいが、すぐに俺のことしか考えられなくなるように抱いてやろう」

「……そうすべてお前の思い通りになると思うな！」

犯されるのだと知って、ルゼはサイラスの腕から逃れようとした。だが力の入らない身体は言うことを聞かない。

サイラスの手がルゼの肌に触れようとして伸びる。

――――アドルファス！

ルゼは心で男の名を叫んだ。

次の瞬間、まるで火花でも爆《は》ぜたような音と衝撃がサイラスとルゼの間で起こった。正確には衝撃を受けたのはサイラスのみだ。ルゼの目の前で男が自分の右手を押さえ、驚いたような表情でこちらを見ている。サイラスの手は火傷したように赤くなっていた。

「……なるほど。小賢《こざか》しい真似を」

サイラスは笑ってはいたが、その口元が歪んでいた。

「どうやら奴はお前を抱く度に術をかけ、俺が触れられないようにしていたらしい」

アドルファスはいくつか仕掛けをしたと言った。そのうちのひとつがこれか。

サイラスが無理にルゼの素肌に触れようとすれば、術が発動して激しい衝撃と痛みが走る。それを知ってサイラスははっきりとした怒りの表情をその顔に浮かべた。

「おのれ、アドルファスめ……！」

サイラスはルゼから距離をとる。思わずほっとしたルゼだったが、サイラスはそれと同時に指先で何か印《いん》を切った。魔術の波動。ルゼは足下がぐるりと回る感覚に包まれる。

「それならそれでやりようがある」

上下が反転するような感覚に、ルゼは思わず何かに縋ろうとして手を伸ばした。そしてそれは何も掴めず、虚しく空《くう》を切るだけだった。

「……っ」

次に目を開けた時、目に入ったのは真っ暗な空間だった。

「え…？」

自分はたった今、サイラスと彼の城で話をしていたはずだった。そこはこんなところではなかったはず。暗闇の中で、自分の身体だけがぼうっと浮き上がって見えて、ルゼはそこで初めて自分の状況を把握した。

「なっ…、あっ⁉」

ルゼは暗闇に浮かんだベッドに寝かされ、そこで四肢を拘束されていた。あの状況からどうしてこんなことになっているのかわからない。腕を動かすと、ぬめりを帯びた触手のような拘束具がぬちゃりと音を立てた。

「いい格好だな」

ふいに声が聞こえて視線を向けると、すぐ側にサイラスが立ってこちらを見下ろしていた。

「これは、お前の仕業か」

「肉体に触れられないのなら、意識に直接働きかければいい。お前の身体は俺の城の床で眠っている」

ということは、これはルゼが見ている夢のようなものか。そこにサイラスが干渉してきたということらしい。

「俺がこの空間につけた条件は、『ルゼルディアを拘束しろ』ということのみだ。その場合、お前がこれまでの人生のうちで拘束されたことがあれば、その中で一番新しい記憶と同じものが再現される。なければただ縄で縛られるだけだ。だが……」

サイラスはルゼを見下ろし、おかしそうに笑った。

「こんなふうに拘束されたことがあるわけだな。だいたいの見当はつくが」

「――うるさい」

アドルファスに触手を使われ、手足を拘束するようにして抱かれたことを思い返し、羞恥が込み上げる。

「俺の精神に介入してどうするつもりだ」

「屈服させる」

サイラスがそう言った途端、周りに数人の男達が現れた。皆裸で、無個性な顔つきをしている。それなのにその股間にあるものは一様に立派だった。嫌な予感が背に走る。

「夢ではあるが、感覚は本物だ。アドルファスよりもいい思いをさせてやる」

「こ、こんな、ことをして……、どうにかなるとでも思っているのか！」

男達の手が迫ってくる。衣服を破られ、いくつもの手に素肌をまさぐられた。サイラスが言うように、その感覚はまさしく現実のものと相違ない。感じさせる目的で触れてくる手にびくんっ、と身体が跳ねる。逃げようと身を捩っても、拘束されていてどうにもならない。

「どうにかなるか、ならないか、試してみようじゃないか。お前が俺の元に来ると言えば解放してやろう」

「そ、んなもの…っ、試すだけ無駄だっ」

「どうかな？　すでに反応しているようだが。お前は快楽に弱い。だから淫紋の呪いもよく効いた」

悔しいが、サイラスの言う通りだった。今や男達の手はルゼの肉体のいたるところに這い回っていて、その指先で敏感なところを撫でられる度に声が出そうになる。感じてはいけない。そう思って唇を噛んでも、乱れた息が漏れてしまう。そして胸の上で勃ち上がった突起を摘まれ、転がされて、ルゼの口から最初の喘ぎが漏れた。

「んくっ…、くっ」

腰が大きくわななく。両方の乳首を爪の先でカリカリとひっかくように愛撫されるのはたまらなかった。これは夢だ。現実じゃない。それでも肉体が拾ってしまう快感はまさに知っているもので、それに耐える術をルゼは持っていない。

その他の手も、確実にルゼを追いつめようとする動きをしていた。脇腹から腋下《えきか》を何度も往復されて、くすぐったさの混じった快感に背中が浮く。

「やあ、あうっ…、あっあっ」

内股や足の付け根を焦らすように撫でられる。幻覚のくせに焦らすつもりなのか、股間のものにはなかなか触れてこようとしなかった。サイラスを喜ばせるだけだとわかっているのに、ねだるように腰を浮かせてしまう。

「うっ、う…っ」

「どうした。そんなに腰をくねらせて」

何か言い返したかったが、言葉を発しようとするとすべて淫らな喘ぎになってしまいそうで、ルゼはきつく眉を寄せてかぶりを振った。

「お前はどんなふうに男にねだるのだ。聞かせてみろ」

ルゼはアドルファスに焦らされる時のことを思い浮かべる。あの男は優しくて意地悪で、ルゼが泣くほどに追いつめることがあり、そんな時は甘い屈辱に身を焦がしてしまう。屈服するというのなら、まさにその時だろう。彼の執着と愛欲でもって責められる時、ルゼはもうどうにでもして欲しくなってしまうのだ。

「お、まえなんかに、聞かせない……っ」

身体中をびくびくと震わせながらも、ルゼは気丈な言葉を漏らす。どんなことをされても耐えなければならない。これはルゼの意地でもあるから。

「強情な」

サイラスは呆れたように呟いた。

「それほどつらい目に遭いたいか――。では、そのようにしてやろう」

「――――あ！　あぁああっ……！」

それまで指だけの愛撫をしていた男達が、いっせいに口での愛戯を加えてくる。乳首を両側から舌先で転がされ、吸われ、脇腹もちろちろと舐め上げられた。臍《へそ》の中も舌先でかき回され、足の指までじっくりとしゃぶられる。

「ああ、あ、あぁぁ――……！」

足の拘束はいつの間にかなくなっていた。だが力など入るはずもなく、群がる男達を蹴飛ばすこともできない。気持ちがいいのに、決定的な刺激のみを与えられない快楽に頭がおかしくなりそうだった。

「あっ、いやだっ、いやっ」

根元からそそり勃った肉茎の周りをねっとりと舌が這い、足の付け根を舐め回される。先端から愛液を零しているそれは、刺激が欲しくてぶるぶると震えていた。なのに、そこだけは舐めてもらえない。

「あくっ…うっ、んんう…っ」

「どうやらそれだけでも達せそうだな」

ルゼの反応に、サイラスが興味深そうに呟いた。

「だが、つらいことには変わりはない――。その淫紋は快楽を欲しがる。そこを思い切り嬲ってもらいたいはずだ」

サイラスの言う通りだった。他の場所への愛撫が濃厚になればなるほど、身体の奥に切なさが募る。今にもみっともなく哀願してしまいそうで、ルゼは奥歯を強く噛みしめた。もしもこれがアドルファスにされていたことなら、きっとルゼははしたなく腰を振ってねだっていたことだろう。

「ん、あっ――？　そん、な、ああっ！」

ふいに両脚を高く持ち上げられ、秘部を奥まで押し広げられるのに、ルゼは動揺して声を上げた。男の舌が双丘の狭間で息づく窄みに伸ばされる。ひっきりなしに収縮するそこをぴちゃりと舐め上げられ、下腹の奥がきゅううんっ、と引き攣れた。

「んあっ、あっ、ひっ」

濡れた舌がぬろぬろとそこを這い回る。快楽を知るルゼの媚肉は、早く肉環をこじ開けて思う様内壁を擦ってくれることを望んでいた。それなのに入り口を悪戯に刺激されるだけで、いっこうにそれ以上を与えられない。

「ああ――…っ」

だめだ。屈服してはだめだ。

がくがくと腰を痙攣させながら、ルゼは必死で自分に言い聞かせる。

「あっ、もうっ、もうっ……！」

「もう？　何だ、はっきりと言ってみろ」

震える唇が何かを言おうと動く。だがそれはすぐにきつく噛みしめられた。だが、自分の肉体がもうそれほど耐えられないだろうことをルゼはわかってしまっている。アドルファスと暮らした日々は、ルゼの身体をひどく快楽に脆《もろ》いものにしてしまっていた。

身体の中で満たされぬ快感が暴れ回っている。あとほんの少しで、縁からあふれてしまいそうだった。

（もう、我慢できない）

「あっ、あっ！」

挿れてほしい。

取り返しのつかない波がルゼを呑み込もうとする。サイラスが満足げな笑みを浮かべるのを目の端に見た。

ぎりぎりまで張りつめた心が折れようとする。だがその時、それは唐突にやってきた。

空間に無数のヒビが入り、一気にがらがらと崩れ始める。

「何っ……！」

サイラスが動揺した声を上げた時、ルゼに群がる男達が一瞬にして消えた。そしてそのままどこかへ落ちていくような感覚の中、誰かの腕に抱き留められた。

「――――遅くなってすまない」

夢の世界から一気に現実に引き戻され、ルゼは混乱から立ち直るのに少し時間がかかった。床に倒れていた身体を抱きしめているのはアドルファスだった。

「……お、そいっ……！」

夢の中でさんざん嬲られた身体は、現実に戻っていてもひどく熱を持っていた。

「魔法の術式は省略できないんだ。案の定、僕だけが入れない結界が張ってあってね。でも、もう大丈夫だ」

彼は優しくルゼに告げると、その顔をゆっくりと前に向ける。

「どうやら、決着をつける時が来たようだ」

アドルファスが視線を向けた先に、サイラスが立っていた。その瞳にはあからさまな敵意が宿っている。

「……アドルファス」

「もっと早くにこうすべきだったのかもしれない。ずいぶん昔から僕らは対立していると言われていたけれど、最強の魔法使いなんて称号には興味がなくてね」

ここで待っておいで、とアドルファスはルゼに告げて立ち上がった。

「けれど、二人とも同じものが欲しいのなら話は別だ」

アドルファスはサイラスに対峙した。その手には杖が握られている。

「図々しい。そのエルフに目をつけたのは、俺が先だった」

「未来を視たんだろう？　――僕もさ。だが順番など関係ない。けど、お前がルゼに淫紋を刻まなければ、彼は僕のもとへと来なかったかもしれない。お前は自分の行動で僕を本気にさせてしまったんだ。うかつな自分の失策を反省すべきではないかな」

「――えらそうな口を」

その瞬間、空気がびりびりと振動する。アドルファスとサイラスの、互いの魔力が牽制《けんせい》しあっているのだ。

ふいに雷が落ちたような音と衝撃がその場に走る。ルゼは思わず肩を竦めた。戦いが始まったのだ。

サイラスが呪文を唱えると、黒いオーラのようなものが無数の剣に形を変え、アドルファスに襲いかかる。だがそれは彼を攻撃する前に霧散し、すかさずアドルファスの杖から銀色の矢の大群が放たれた。

魔法使い同士の本気の戦いを、ルゼは初めて目の当たりにした。この戦いに自分は入っていけない。彼の集中を削げば、それこそ足を引っ張ることになる。そんなふうに思った。

「っ……！」

サイラスの攻撃をすべては防げなかったのか、アドルファスの衣服の一部が裂け、そこからじわりと血が滲む。ルゼは思わず息を呑んだ。胸の前で自分の手をぎゅっと握る。助けに入りたい。けれど弓も持たない自分では、逆に足手纏いになるだけだと思った。

「なかなかやるではないか。やはりお前は強いな――」

「そちらこそだよ」

アドルファスは不敵に笑っていた。

「せっかく同程度の力を持つ魔法使い同士だ。戦うのは忍びないが、お前を殺さないと彼に刻まれた淫紋が消えないのなら仕方がない」

「その通りだ」

サイラスは杖の先をアドルファスに向けて言った。

「そのエルフを手に入れたければ、見事俺を倒すがいい」

サイラスの背後で魔力が渦巻く。それは黒い巨人の姿になった。魔力によって命を与えられたそれは、咆哮《ほうこう》を上げながら両手を上げ、アドルファスを叩き潰そうと襲いかかる。

「でたらめな魔力だなっ……！」

アドルファスも慌てた様子を隠せないようだった。ルゼの手が無意識に彼へと伸びる。だが

アドルファスが施してくれた防御結界に阻まれ、ルゼの手は見えない壁に遮られる。

「アドルファスっ……！」

黒い巨人の手に潰される寸前、アドルファスは飛んだ。一瞬で猛禽に変身した彼は宙に舞い上がり、鋭い爪でサイラスに襲いかかる。

「なにっ……！」

集中を乱され、黒い巨人は砂のようにその場へ崩れ落ちた。魔法によって生み出された巨人よりも、術者のほうを確実に狙う。容赦のないアドルファスの一面を見たような気がした。

そして猛禽の背後で光の塊が集約する。銀色の剣となったアドルファスの魔力が、サイラスを貫いた。

闇の魔法使いは斃《たお》れた。侵攻に戦々恐々としていた周辺の国は安堵し、エルフの里にも平和が訪れた。

「やれやれ。もう英雄扱いはたくさんだ」

「本当にうんざりって顔してるな」

脅威を排除してくれたアドルファスに対する周囲の反応は、それは大変なものだった。あちらこちらの国から感謝の宴に招待されたが、丁重に固辞すると、ではなんでも望みのものを、と言われる。こちらもまた乞われてエルフの里に滞在していたアドルファスだったが、普段は隠遁《いんとん》生活を送っているのに里のあちこちで熱烈に感謝されて囲まれて居心地が悪そうだった。

「まあ、この先百年は研究資金に困らない。そう思えば我慢もできるってもんさ」

「みんな、本当に感謝しているんだと思う」

ルゼは彼に与えられた王宮の一室で、壁にもたれて話していた。

「サイラスに苦しめられていた国は多い。もちろんこの里もだ。そんな人達からしたら、アドルファスは本当に恩人なんだよ」

ルゼの言葉に、彼はふうん、と生返事をする。

「僕は別にそんなご大層な志があったわけじゃない。正直、他の国がどうなろうがあまり関心がなかった。君を手に入れたかったからやったことだ」

長い間人々を苦しめてきた闇の魔法使いを倒すという偉業を成し遂げた割には、ずいぶんと他人事のように言う。以前にも彼はそんなことを言っていた。おそらくこれが、魔法使いの物の見方なのだろう。

「……本当は、サイラスを殺したくなかった？」

同じ魔道を追い求める者同士なら、話のわかる部分もあったのではないだろうか。数少ない仲間とも言える男をその手で屠《ほふ》らせてしまってもよかったのだろうかと、ルゼは今更ながらに思ってしまう。

「いいや」

だが彼は平坦な口調で告げた。

「人のことなど考えず、己の道を突き進むのが魔法使いだが、奴は少し度が過ぎていた。引導を渡すのなら、多分同じ魔法使いである僕の役目だったんだと思うよ」

「……そうか」

ルゼは表情を緩めた。

「ところで」

アドルファスは空気を変えるように話題も変えた。

「淫紋はどうなった？」

「ああ…」

ルゼは壁から背を離し、ベッドに座るアドルファスの元に歩み寄った。衣服の前をはだけ、彼の前で開いて見せる。

「もうすっかり消えた」

「そのようだね」

なめらかな肌を持つルゼの腹部に刻まれた淫紋は、あとかたもなく消え去っていた。アドルファスはその肌の上に確かめるように指を這わせる。ルゼの身体がぴくりと震えた。

「もう発作が起こることもないね？」

「……」

こくりと頷く。彼の指先がずっとそこを辿っていて、変な気分になりそうだった。

「ア…アドルファス」

「うん？」

「いつまで触っているんだ？」

「触っていたら駄目なのかい？」

ルゼの顔が熱くなる。やはり彼は意地悪だ。

「おかしな気になりそうだから、やめてくれ」

「僕としてはおかしな気になって欲しいんだけどな」

「あっ！」

腰に手を回され、抱き込まれて、ルゼはベッドの上に組み伏せられてしまった。

「誰か入ってきたら……」

ここはアドルファスの屋敷ではない。私室とはいえ、かなりの数の者がいる王宮だ。外に声が漏れ聞こえるかもしれない場所でまぐわうのは抵抗がある。

「ああ、そうか」

だがアドルファスは一度指を鳴らしただけで、ルゼの服を脱がし始めてしまう。

「アドルファス⁉」

「この部屋にはしばらく誰も入ってこないし、音だって聞こえないよ」

そういう魔法をかけた、と彼は言った。ルゼにはよく理解できないが、彼が言うのならそうなのだろう。それにルゼとてしたくないわけではない。あの時、サイラスの居城で嬲られた時の疼きは治まってはいたが、ふとした瞬間に思い出してしまう。

「ところで、奴の術の中でどんな目に遭っていたんだ？」

「え」

まるで考えを読まれているように、アドルファスがそんなことを訪ねてきた。

「それ、は」

「あの時、君を助けた時に、すごく濃い情欲の匂いがした。何をされたんだ？」

「……夢の中だ。本当にされたわけじゃない」

「わかっているさ。けど僕としてはいささか面白くないんでね」

アドルファスは自分の下肢をルゼの下肢に押しつけた。熱い塊をそこに感じて、彼の欲を思い知らされる。羞恥と嬉しさがない交ぜになって、ルゼは思わず彼にしがみついた。

「アドルファス。して欲しいことが……あるんだ」

「君からなんてめずらしいな。いいよ。なんでもしてあげよう」

淫紋はもう消えた。けれどルゼは今、どうしようもないほど発情している。目の前の男と深く繋がりたいと身体中が訴えているのだ。きっと彼にもわかってしまっている。

「焦らされたくない。何回も思いっきりイかせて欲しい……」

甘えるように囁くと、下肢に当たる彼のものがまた固く、大きくなった。

「お安いご用だよ」

大きな手が肌をまさぐってきて、ルゼの口から甘いため息が漏れる。

「君が泣いて許してと言っても、イかせてあげよう」

「あっ……」

そう囁かれて、身体の芯が期待に疼いた。胸を這い回る手の指先に乳首を摘まれ、ルゼは背中を反らしながら喘いだ。

「あ、は、んううっ！　んうう〰〰――っ！」

　啜り泣き混じりの声を上げて、ルゼは全身をわななかせながら達した。赤く膨らんだ乳首から口を離したアドルファスが顔を上げてルゼを見る。

「ああっ、んんっ……、これ、やだって、言って……」

　ちゃんと一番気持ちのいいところを触って欲しかったのに、アドルファスはルゼの乳首を執拗に愛撫してきた。他のところに触れられず乳首だけを責められてルゼはイかされてしまう。胸の上でつんと尖った突起がアドルファスの唾液に濡れて光っていた。

「あっ、どうしてぇ……っ」

　またもどかしい快感を与えられ続けて、ルゼは抗議するような言葉を漏らした。脚の間が濡れてそそり勃っている。

「まだ序盤だろう？」

「んんあっ」

　イったばかりの突起に口づけられて、泣くような声が漏れた。

「焦らなくても、ちゃんとしてあげるさ。……ここをね」

「ふあ、あぁぁあんんっ」

股間に顔を埋められ、待ちわびた肉茎を舐め上げられて、ルゼは感極まってしまう。

「あっ、あーっ、あんんう…っ、そ、そこ、あっあっ、い、いいぃ…っ」

根元から先端へ。裏筋を何度も舌で撫でられて、全身に快感が走った。ずっと欲しかった愛撫を与えられて、刺激が強すぎてたまらない。ルゼは両手でシーツを鷲掴むと、何度も喉を反らして快感を訴える。

「気持ちいいかな？」

「んっんっ、きもちいい…っ、も、いく、いっ、あっ！　〰〰〰っあぁぁ……っ！」

くびれのあたりをぢゅううっ、と吸い上げられて、ひとたまりもなく達してしまう。身体の芯が引き抜かれそうな射精感にめいっぱい背中を仰け反らせながら、蜜口から白蜜を噴き上げた。

「おっ…と、すごいな」

びゅくびゅくと滴るそれはルゼの下腹を卑猥に汚していく。アドルファスは肉茎を指で扱き上げるようにして吐精を促してやった。

「は、あ、ああ……っ」

痺れるような絶頂に身体中がじんじんと疼く。はあはあと呼吸を整えようとした時、アドルファスに先端を咥えられ、腰が抜けてしまいそうな快感に襲われた。

「んあぁあっ、ま、また…っ」

「ここを虐めて欲しかったんだろう？　こんなふうに」

彼の舌先が白蜜を湛《たた》える小さな蜜口にぐりり、と捻《ね》じ込まれる。

「あひぃぃいっ」

強烈すぎる快感に、ルゼは耐えられなかった。がくがくと全身を痙攣させながらまた達してしまう。腰から下がどろどろと熔けていってしまいそうだった。いく、いく、とはしたない言葉を漏らしながらまた絶頂を迎えてしまう。頭の中が白く濁っていった。

「んんあぁあっ」

さらにアドルファスの指が後孔の入り口をこじ開ける。前を口淫されながら後ろを指で可愛がられた。内壁を探るように押し開いていく指の動きは巧みで、ルゼは彼の指をきつく締めつけてしまう。

「あっあぁ…っ、それ、いい……っ」

ルゼは先ほどから立て続けに達していた。イく度に何も考えられなくなり、理性が熔け崩れる。

「僕の指が食いちぎられそうだよ。ここが好きなところだろう？　たくさん可愛がってあげるよ」

いつの間にか二本に増えた指がルゼの泣きどころをこりこりと嬲る。時々指の腹でその場所をぎゅうっと押し潰すようにされると、なりふり構わず泣き出してしまいそうでまたイってしまうのだ。

「あうう…ああぁ…っ、も、もう、挿れて、犯してっ…！」

指ではもはや物足りなかった。もっと圧倒的なものでここをいっぱいに満たして、何もわからなくなるほどに揺さぶって欲しいのだ。

「可愛いよ、ルゼ」

「ん、ん…っ、んんんっ」

覆い被さってきたアドルファスに口を吸われる。舌を絡め合うと、何かひどくいやらしい味がした。

「僕のもので、たっぷりと犯してあげよう」

アドルファスのものは凶暴に天を仰ぎ、血管を浮き上がらせていた。今からこれで貫かれるのだと思うと、身体中がぞくぞくとわなないてしまう。その先端が入り口に押し当てられただけで啼泣してしまった。

「そんなに歓迎してくれるなんて嬉しいよ……っ」

ずぶりと音を立てて肉環がこじ開けられる。その男根が肉洞を押し入ってきた時、ルゼはまた耐えきれずにイってしまった。

「んううう───〜〜っ」

自分が放ったものでまた下腹を濡らす。アドルファスのもので奥まで満たされ、ルゼは恍惚の表情を浮かべて喘いだ。

「ああ、ア、すご、いっ……」

「まだ挿入るよ」

そう言って軽く揺すられると、彼の先端にもっと奥をこじ開けられる感覚がして、我慢できなくなった。腹の中からじゅわじゅわと快感が込み上げてくる。

「あ、ひ――あ、あっ、あ、あた…る…っ」

「いい子だ。ここを開いて、もっと気持ちよくしてあげよう」

奥の奥にぐぐっ…と圧力がかかる。そこはアドルファスを迎え入れるべく、くぱり、と開いて彼を包み込んだ。その瞬間に足の爪先まで甘い痺れに包まれ、脳髄が快楽に蕩ける。

「ア、――――〰〰〰っ」

あまりの気持ちよさに声にならない。媚肉がアドルファスを包み込み、きゅうきゅうと締め上げるとその凶悪な形がはっきりとわかった。彼の形にされてしまう。そう思うだけでまたイってしまいそうになる。そして容赦のない抽送が始まった。

「あっ、うああっ、あっ、ああっイくっ！　ま…また、いくうう…っ！」

強く弱く、速く遅く突き上げられて、冗談ではなしにルゼはずっと達したままになってしまう。

「腹がいっぱいになるほど出してあげよう…、そら、受け取れ…っ！」

「ふあぁぁああっ」

アドルファスもまた、遠慮なしにルゼの内奥に精を出した。彼は少しも萎えることなく何度も挑んできて、魔力だけではなく精力も底なしなのかと思う。ルゼの肉洞はアドルファスの出したもので満たされ、動く度にじゅぷじゅぷと卑猥な音を立てた。

「も…っ、あっ、しぬ、しぬぅう……っ」

「ルゼ…、僕に愛されるということは、ずっとこんなふうに、君を抱き潰すかもしれないということだよ。それでいいのかい……？」

息を荒げながらアドルファスが囁く。ルゼはまともな思考が働いていなかったから、自分がどんなふうに答えたのかわからなかった。ただ彼にしがみついて、こくこくと何度も頷く。アドルファスが望むように、好きにして欲しかった。彼にされることなら、きっと自分は嫌ではない。ずっとこうして繋がっていたい。

「ルゼ、ルゼ、ああ、可愛い…、好きだ…っ」

「あ、あ…ん、俺も、俺も…っ」

すき、すき、と譫言のように呟く。その後に一際大きな絶頂がやってきて、自分も彼もしばらく抱き合ったまま動けなかった。それでもまだ離れがたくて、抱き合ったままでいた。

しばらくしてアドルファスがルゼの中から男根を引き抜いた時、ごぼっ、という音と共に大量の精が溢れ出てきた。あまりの卑猥さに羞恥が込み上げる。

「っ、ま、まだ、痙攣、してる…っ」

抜かれてもルゼの内部はまだ快感を訴えていた。どうしていいかわからずにアドルファスに助けを求めると、ひょいと持ち上げられて彼の上に抱え上げられる。

「それなら気が済むまでしたらいいんだ」

自分で挿れて、と促されて、アドルファスの胴を跨いだルゼはちらりと俯く。すると彼のものはまだ硬度を保っていた。

「……すごい」

「君が相手だからだよ」

そんなふうに言われて、どこまでも求められて嬉しくないわけがなかった。ルゼはその猛々しいものに手を添えると、自分のヒクつく肉環にそっと押し当てる。

「あ、は、はいる……っ」

ルゼの肉胴にぴったりとあつらえたような彼の男根が、再びずぷう…っと挿入されていった。

「んん、んくうう……っ」

感じる内壁で彼のものを味わいながら呑み込んでいく。貫かれる毎に、ぞくぞくと快感の波が全身を包み込んでいった。ルゼの褐色の肌は汗に濡れ、得も言われぬ艶を放っている。たまらずにアドルファスの上で仰け反ると、長い銀色の髪が乱れて流れた。

「ふ、あ、あ……っ」

「気持ちいい？」

「う…ん…、あ…っ、すごく、いい……っ」

ぎこちなく腰を揺らすと、ぬちぬちという音とともに泣き出したくなるような快楽が込み上げてくる。夢中で尻を振るが、力がうまく入らない身体では限界があった。ルゼはほどなくしてアドルファスに泣きつくことになる。

「だ、だめだ…っ、うまく、動けな…っ」

「いいよ。僕にまかせて」

彼の両手に腰骨を掴まれた。下からずんっ！　と深く突き上げられて、思考が一瞬飛ぶ。

「うあぁあ……っ！」

「また奥まで突いてあげようか？」

「い、やだ、それはもう…っ」

あの恐ろしいほどの快感をまた味わわされるのは身が保たない。頭もおかしくなってしまいそうだ。アドルファスも本気で言っているわけではないようで、くすりと笑いながらルゼの背中を優しく撫で上げる。

「じゃあどうしようか？　好きに動いてあげるよ」

ルゼは恥ずかしさにぎゅ、と唇を噛んだ。それでも欲求に負けて、自分の望みを口にしてしまう。

「ゆっくりするのが、いい……」

「わかった」

ちゅ、と音を立てて唇にキスをされる。それからアドルファスは緩やかな動きでルゼを愛した。時折かき回すようにされたり、小刻みに擦られたりされるとルゼは蕩けそうに喘ぐ。

「ああっ…、は、あ、あ…んんっ、す、すき、ぃ…っ、きもち、い……っ」

「僕も気持ちいいよ……、ルゼ、大好きだ……」

口を吸う音と、動く度に粘膜の立てる淫蕩《いんとう》な音。それらが部屋に満ちる中で、二人は長い間愉しんだ。

「ツィギーは連れていって。あなたに懐いているみたいだし」

「でも、ツィギーは姉上の……」

「私があなたにできることって、これぐらいしかないもの」

プリシラは翼竜に微笑みかけると、アドルファスと並んでいるルゼに笑いかけた。

ルゼは結局、この里から出て行くことになった。父はまさか本当にサイラスが倒されるとは思っておらず、返ってきたアドルファスに対して現金に歓迎したが、彼の冷淡な返事と、思うところがあったらしい母に諫《いさ》められて肩を落としていた。

「今更謝ってももう遅いと思います。私自身で生んだ子には変わらないのに、なんて馬鹿なことをしてしまったのかしら」

母が皆の前でルゼに謝罪したことで、それまで家族の中で冷遇されていた態度は改められた。

「もういいんです。皆が無事なら、それで」

ルゼがそう言うと母は泣き出した。複雑な思いは未だルゼの中にある。けれどずっと恨んでいるというのも、なんだか違うような気がするのだ。子供の頃からの寂しさはアドルファスが癒やしてくれた。それならば、もう皆の幸福を祈るだけだ。

「私は彼と行こうと思います」

ルゼがそう言うと、アドルファスは当然だという顔をして皆の前に立った。それを止める者は誰もいない。里を救った英雄にならというのもあるが、今更口を挟む権利もないというのもあるだろう。

「時々は帰ってきます」

しばらくはアドルファスと世界のあちこちを旅して回る予定だ。ほとんど里から出たことのないルゼは、様々なものを見て自らの糧《かて》にしたいと思っている。

「身体に気をつけてね」

母を最初に、兄姉達と次々に挨拶を交わす。そして最後に、父が母に押されてルゼの前に出てきた。

「その――、まあ、しっかりやりなさい。これを」

まだばつの悪さは抜けないらしい。それも無理はないと思う。だが父はルゼに国王の御璽《ぎょじ》の押された旅証をくれた。アドルファスの分もだ。これがあれば世界のほとんどの場所に行ける。

「ありがとうございます。父上」

「うん」

まだ歯切れの悪い様子だが、次に会う時にはもっと自然に言葉を交わせるだろうか。

旅立つ時、プリシラが自分の翼竜を連れてやってきた。

「いただいた財宝はこの子に持たせるといいわ」

「それはありがたい。自分で運ぶしかないと思っていた」

サイラスを倒した褒美にと近隣諸国から寄せられた財宝がちょっとした山になっていたので、ツィギーに籠をつけてそれで運ぶことにした。

「では姉上、お達者で」

「ええ。アドルファス、弟をお願いします――。私が言えることじゃないけれど」

「もちろん、お任せください」

アドルファスは猛禽に姿を変えると、その背にルゼを乗せる。そしてツィギーと共に空に駆け上がり、里を後にした。

「こんなに人がいるところは初めて見た」

「ここは最も大きな商業都市だからね。王都はもっと大きいよ」

泊まっている宿の二階から街並みを見下ろし、ルゼは感嘆して呟いた。

自分達は気ままな旅に出ている。魔法使いとエルフの寿命は長い。飽きるまで世界を見て回ろうと、ツィギーを連れて屋敷を後にした。翼竜は環境の変化をものともせずに、今は専門の厩舎《きゅうしゃ》で預かってもらっている。

「僕はもうしばらくは引きこもっていようと思っていたんだが、ルゼとなら楽しい旅になりそうだ」

彼の言葉にルゼは振り返って微笑んだ。両腕を伸ばすアドルファスの腕の中に収まる。

「こんなふうになるなんて、夢みたいだ」

「夢じゃない、僕はここにいる」

「うん」

「ずっと一緒だ。君が嫌だと言っても離さない」

「嫌だといっても？」

「ああ。もしそんなことを言われたら、君をあの屋敷に閉じ込めてしまうかもしれない。どこへも逃げられないように」

冗談とも本気ともつかないことをさらりと言って、アドルファスは微笑んだ。

「怖いな」

「そうさ。僕はサイラスよりも怖いんだ」

時折彼が見せる粘度の高い執着には気づいている。だが、本当にそんな日が来るのだろうか。ルゼの世界の中心には、この意地悪な魔法使いがいるのに。きっと初めて出会ったあの日から。

「そして君を毎夜のように抱き潰す」

「……それって、今とどう違うんだ？」

ルゼが問うと、アドルファスはにこりと笑って言った。

「違わないな」

唇を吸われて、ルゼは目を閉じる。しばし唇を吸い合う音があたりに響いた。

「……そう言えば」

「うん？」

ふと思い出して呟くルゼに、彼は優しく答える。

「サイラスが言っていた。――俺が生まれる前に未来を覗いたら、そこでも俺とアドル

ファスが出会っていたって」

「そのようだね」

「知っていたのか？」

「まあね。僕が視たのは因果が変わった後のことだったけれども」

よくわからない、という顔をしたルゼに、彼はかみ砕いて説明した。

「サイラスがルゼに祝福を与えたことで、未来は変わった。その未来を僕は覗いたんだ」

「いつ？」

「僕がリフィアの里に来た時」

それを聞いてルゼは瞠目する。

「じゃあ、どう転んでも俺とアドルファスはこうなるってわかってて――」

「どう転んでも、ということはないよ」

彼はルゼの言葉をやんわりと否定した。

「運命はどこからでも変えることが出来る。だから君が僕を好きになってくれる確証なんかないんだ」

だからがんばらないと、と思った。そうアドルファスは言った。

「アドルファス――」

「まあ、でも正直、運命の後押しがあるってことは、イケるかもしれない、とは思ったけどね」

「――――そういうとこだぞ」

ルゼは少し呆れて、彼の胸をどん、と叩いた。

「ごめん。でも、これから先のことは視ていないからわからないよ。もし君が僕に飽きて去ってしまう未来が見えたら泣いてしまいそうだ」

臆面もなくそんなふうに言われて、ルゼの胸がきゅうっと詰まる。

「じゃあ、今約束する」

ルゼはアドルファスの首に両腕を回した。

「ずっと側にいるから」

アドルファスが驚いたように瞠目した。それから少し困ったような顔になって、最後にひどく嬉しそうに笑った。

「ありがとう、ルゼ」

強い力で抱きすくめられて息が止まりそうだった。少し緩めて欲しいと背中を叩くも、彼はルゼを離してくれない。決して。

「僕もだ。この命の果てまで共にいよう」

低く甘い囁き。アドルファスの声しか聞こえない。

町の喧噪《けんそう》が意識から遠ざかっていった。

極彩色の夜

この町には、夜になると刺激的なところがあるよ。

アドルファスがそんなふうに言った時、彼の顔に何かを企んでいそうな表情が浮かんでいた。経験上、こういう時の彼はろくでもないことを考えている。

この町に来て三週間。南国の潮風にもすっかり慣れたと思った頃だった。この町でとれるキーヤという固い実の中に入っている果汁の飲み物が好きで、ルゼはそれを毎日のように呑んでいる。その日も、アドルファスはキーヤのジュースをルゼに手渡しながらそう言った。逗《とう》留《りゅう》している部屋の窓からは海に沈む夕陽が見える。

「……刺激的って？」

「そんな顔しないでくれ。悪いことなんか考えちゃいないさ」

「信用できない」

「ひどいなあ」

「自分の行いを考えてみたらどうだ？」

キーヤのジュースはよく冷えていて、心地よい甘さが喉を潤す。この町はエルフの里よりもずっと賑やかで、ルゼにとっては充分に刺激的だった。

「それを言われると弱いが……。この町では年に一度の秘祭があるんだよ。それが今夜ってわけさ」

「秘祭？」

「伝説というか、言い伝えがあるのさ」

この町では繁栄と享楽の女神マナが信仰されている。マナは遙か昔にこの地に降りた時に、魅力的な青年と恋に落ちた。二人が交わった時、それを見ていた男女があてられ、自分達も交わり始めた。女神達はそれから年に一度、この地で密やかにまぐわいを続ける。そこで生まれた子達がこの町の祖先だというわけである。

「なんというか……ずいぶんと即物的な言い伝えだな。そんな話、子供達にまで伝わっているのか？」

「そのあたりは多分、だいぶ脚色されているとは思うけどね。けれどどの道、大人になれば自然と知ることだ」

「でも、その言い伝えとやらが今でも行われているわけではないんだろう？」

まさか、複数で集まってまぐわうなんて、そんなことが行われるわけがない。

「秘祭、と言ったろう？　秘められた祭りなのさ」

「え……まさか」

ルゼが眉を顰めると、アドルファスは質《たち》の悪い笑みを浮かべた。

「今夜、この町の奥にある祈祷所《きとうじょ》で行われる」

「俺は、行かないからな」

そんな、人前でまぐわうなんて冗談ではない。キーヤの実をどん、と卓の上においてそっぽを向くと、アドルファスの手で肩を抱かれた。

「心配ないよ、ルゼ――。今はすっかり観光地化して、少しあやしげな儀式を行うってだけだ。そんな乱交みたいなことをするわけじゃない」

耳元で甘く囁かれて、ルゼの肩がびくりと震える。彼の声には弱いのに。

「なら、別に――――、行かなくとも……」

「話の種にはなるじゃないか。里にはこんなことないだろう？　見聞も広がる」

彼は言葉巧みにルゼを諭してくる。実のところ、ルゼも興味がないわけではなかった。だが集団で性交すると聞いて腰が引けていたのだ。少しいかがわしい儀式を見るだけなら、行ってもいいと思っていたのだが。

「行ってみないか、ルゼ？」

「ん……、うん……」

こういう時のアドルファスに、ルゼが抗えるわけがないのだ。ルゼがこくりと頷くと、彼は意気揚々と立ち上がって、ルゼの手を取って立たせた。

「意外と広かったんだな」

町の奥にある祈祷所は入ってみると広かった。中は細かく柱が立てられ、その側に長椅子がいくつも置かれてある。中央奥は少し高くなっていて、美しく飾り付けられた寝台と大きな香炉がある。

「お飲み物はいかがですか」

「ありがとう。彼はキーヤが好きなんだ。それはあるかい？」

「もちろんです。お酒もお持ちしますね――――。あら、可愛いエルフさん。遠いところからようこそ。楽しんでいってね」

「ありがとう……」

露出度の高い扇情的な衣装の給仕の女性が話しかけてきて、ルゼは少しびっくりしてしまった。アドルファスは慣れた様子で言葉を交わしている。卓の上にキーヤ酒が置かれ、女性が去った時、ルゼはアドルファスに耳打ちした。あたりは徐々に客が集まってきて、それぞれの場所に座り始めている。

「ここには、前にも来たことがあるのか？」

「昔ね」

それはいつ頃のことなのだろう。彼とは経験の差がありすぎて、ルゼは時々心配になる。自分が世間知らずなのは否めないが、そんなルゼをアドルファスはつまらないと思ったりはしないだろうか。

「よけいな心配はしなくていいよ」

アドルファスが密やかに返事をしてきた。

「僕はルゼといるのが楽しいんだ」

まるで心を読まれたようで、ルゼはひどくびっくりしてしまう。

「今の、読心術?」

「いいや。だが、顔を見たらわかる」

こういう時、アドルファスはやはり魔法使いなのだ、と思う。ルゼの心は、彼の前ですっかり丸裸にされてしまうようだった。

「アドルファスには、わからないことなんてないみたいだ」

「そんなことはないよ。君がどれだけ僕のことを好いていてくれるのか、わからなくて不安になる」

「そんな」

彼ほどの男でもそんなことがあるのだろうか。けれどアドルファスがルゼのことを考えてくれる、そのことが単純に嬉しかった。彼のほうこそ、余計な不安など持たなくていいというのに。

「これは酒だ。少し強いかな？　飲めるかい？」

手渡されたキーヤ酒に口をつける。思っていたよりも飲みやすかった。さっき飲んでいたジュースとさほど変わらない。けれど飲み干してしまうと、頭の芯がくらりとした。飲みやすい分、注意しないと。アドルファスは平然としている。

やがて祈祷所の中が客であらかた埋まると、照明が落とされてあたりは薄暗くなった。すぐ側にいるアドルファスの顔がわかるくらいで、他の客の姿は見えづらくなる。反対に高くなっている中央の舞台には灯りが掲げられ明るい。その上には数人の男女が上がっている。

（なるほど、いかがわしいというのはこういうことか）

おそらく舞台上で言い伝えとやらを再現してみせるのだろう。それを周りの客が見るという催し物だ。

ルゼの予想通り、舞台上の男女が絡み始めた。だが思っていたのと違っていたのは、彼らが演技ではなく、本当にまぐわい始めたということだった。大きな香炉から甘く濃厚な花の香りが漂い始める。壇上で繰り広げられる刺激的な行為と、香の匂い。そして強い酒のせいも相まって、ルゼの頭から少しずつ現実感が薄れていった。気がつくと息が乱れている。

隣にいるアドルファスはずっと黙っていたが、ふいにルゼの肩を抱き寄せると、唇を吸ってきた。

「んん、ふっ…？」

どこか夢見心地になっていたルゼは、ここがどこか忘れて、彼の口吸いを受け入れた。滑り込んできた舌に口腔の粘膜を舐められると、甘い声が出てしまう。

「ん、ぁ…ん」

自分の声が耳に聞こえた瞬間、ルゼは我に返った。アドルファスの胸に手をついて彼を押しやろうとしたが、逆に長椅子の上に押し倒されてしまう。

「や、だめ……だっ」

「周りを見てごらん」

顰めた声で促されて、ルゼは暗闇に慣れた目で周囲を見回した。すると、その場にいる客のほとんどが連れと重なり合い、抱き合っている。早くも密やかな息づかいや、甘く呻く声すら聞こえてきた。

「や……やっぱり、ここは」

最初に疑った通りだった。ここは集まった者達が乱れ合い、まぐわう所ではないか。

「だ、騙《だま》したな」

「ごめん」

殊勝に謝る男は、だがちっとも反省してはいないようだった。

「けれど、悪いことではないだろう？　皆自分の相手しか見ていない」

確かに彼の言う通り、相手構わずというわけではないようだった。舞台の上を除いては、だが。

「君には誰も触らせない。だから安心して身を任せてくれ」

そんなことを言われても、と困惑するルゼに、アドルファスは再び口づけた。今度は強く舌を吸われ、顎の裏側を舌先でくすぐられると、すぐに身体がびくびくと震えてしまう、淫紋の呪いはもうなくなったというのに、彼に抱かれると未だにぐずぐずになってしまう。これは、そう多分、恋の呪いだ。アドルファスがルゼに、絶対に解けない呪いをかけたのだ。

「頭がくらくらしてきたろう？　香のせいだよ」

この甘い匂いはそのせいか。けれど、それだけではないような気がする。

「は、あっ」

彼の指先が衣服の中に忍び込み、胸の突起を捕らえた。爪の先でカリカリと引っ掻くように刺激されて、思わず背中が浮く。

「あ、あく、ん、んっ」

（だめだ……、声が）

こんな声を人前で出すわけにはいかない。ルゼは必死に声を堪えようとする。手で口元を覆っていると、それは彼によってやんわりと外された。

「大丈夫だ。みんな遠慮してないだろう？」

暗い祈祷所の中は、いつの間にか大勢の人の淫蕩な声が響いていた。もはや舞台上も客も関係ない。ここは昔の、言い伝えが再現されている。

「我慢してもいいけど……、続かないと思うよ」

「ああっ」

アドルファスは愛撫の手を緩めてくれる気はないようだった。ルゼの乳首を舌先で転がし、口に含んではねぶり上げる。胸の先から痺れるように快感が広がっていった。

「う、うっ、……っあ、んんあっ」

頭の芯が蕩けていく。恥ずかしいのに、それが興奮に繋がってしまって、ルゼは胸を突き出すように仰け反った。

「あ、そこ…っ」

「気持ちいい?」

少し強めに突起を摘まれ、腰までびりびりと刺激が走る。そのままこりこりと揉みこまれると、もう駄目だった。

「あっ、あっ!」

ルゼの喉から高い声が漏れる。一度出てしまうと、もう止まらなかった。アドルファスによって丁寧に拓《ひら》かれたルゼの肉体は、彼の思うように蕩けていく。アドルファスはルゼのなめらかな褐色の肌に丹念に唇を落としながら、頭を下げていく。

「あ――――」

何をされるのかわかってしまって、それでもルゼの脚には力が入らない。それは駄目だ。こんなところで、恥ずかしい。そう思っているのに、彼がそっと押しただけで太股が左右に簡単に開いていった。

「ふあ――…っ、んぁ、あぁぁあ…っ」

肉茎が熱い口の中にすっぽりと包まれる。ルゼの身体が長椅子の上で大きく反り返った。アドルファスの舌がねっとりと絡みついてきて、敏感な場所を吸っていく。

「あ、や、んぁくううう」

きっと自分はここにいる誰よりもいやらしい声を出してしまっている。そう思うと身も蓋もない気分だった。はしたない、恥ずかしい――――。

「ああ――あう――…っ」

アドルファスの手や口で何度も愛された器官は少しの快楽も我慢できない。腰の奥から込み上げてくる快感はルゼの理性を狂わせる。裏筋からちろちろと舌先を這わされ、鋭敏な先端部分を虐められると、腰の震えが大きくなる。

「あっ――、んっ――、ふ、う、い、く――」

その喘ぎに応えるように、アドルファスに口の中で強く吸われた。ルゼは嬌声を漏らした後、下肢を痙攣させて達してしまう。

「く、ひぃ――……っ」

びゅる、と放たれるそれを、アドルファスに残らず飲み下されてしまう。腰が抜けそうなほど気持ちがよかった。この異様な状況のせいだろうか。

けれどアドルファスは、さらなる羞恥をルゼに強いてきた。両の太股をもっと押し開き、最奥の窄みへ舌先が伸ばされる。

「ふあっ」

ルゼの驚いた声にも構わず、後孔の入り口が優しく舐め上げられる。肉環の縁からじくじくと快感が生まれて、それは内部の媚肉へと広がっていった。

「ああ……うう……っ」

その孔はアドルファスを欲して蠢いていた。これから味わうであろう快楽を期待してひっきりなしに収縮している。腹の中もさっきからきゅうきゅうと疼いていた。

「……ルゼ、挿入るよ」

「ん…っ、挿れ…て」

ヒクつく肉環にアドルファスの先端が押しつけられる。彼のものもいきり勃っていた。

「は、う、んんんう……っ！」

ずぶずぶと音を立てて侵入してくる男根に我慢できない。内壁が絡みつき、締め上げて、奥へ奥へと誘ってしまう。

「ルゼ、すごいね……。締め殺されそうだ」

「っ、あっ、あっんっ」

もうわけがわからなくなったルゼは何度も喉を反らして喘ぐ。ふと目を開くと、祈祷所の暗い天井が視界に入った。その天井には極彩色の花が描かれている。

「んあ、ア、そこ、ぉ……っ」

「ん…？　ここ？　ここが好きかい？」

「んん、すき、すき…ぃ…っ」

ルゼは譫言のように言葉と喘ぎを繰り返して、両腕でアドルファスにしがみついた。舞台の上は今や最高潮で、男女は獣のような声を上げている。

アドルファスは腰を大胆に動かし、ルゼの弱い場所を擦っていった。耐えきれずに何度も達してしまい、最後のほうは何もわからなくなってしまう。

その儀式がいつまで続いたのか、ルゼにはわからなかった。

起きた時、ルゼはベッドの中にいた。一瞬状況がわからず、昨夜の記憶を思い返す。

確かアドルファスにあやしい祭りがあるといって連れ出され、そこでいかがわしい儀式を見て、そのまま自分達も――――。

そこまで思い出した時、ルゼはベッドの中で頭を抱えた。なんてことをしてしまったんだろう。あの場は興奮作用を起こさせる香と、強い酒で皆が普通の状態じゃなかった。だからといって他人がいる前であんなことを。

猛烈な羞恥に苛まれている最中に、ふとアドルファスのことを思い出す。そう言えば彼は、と横を見ると、姿がない。ルゼはベッドの上に起き上がろうとした。すると急にぐらん、と頭が揺れて、再び倒れ込んでしまった。

「ルゼ、気分はどうだい？　……っと、大丈夫か」

その時部屋にアドルファスが入ってきた。手にトレイを持っている。朝食を持って来てくれたのかもしれない。彼はそれを一度卓の上に置くと、ルゼをそっと寝かせる。

「無理しないほうがいい」

「……俺、どうして……？」

「香と酒のせいだよ。初めてだと一時的に酔いが残ることがあるそうだ。薬を持ってるから、食事の後で飲もう。……起きられる？」

「ゆっくりなら、なんとか……」

ルゼはアドルファスに背中を支えてもらいながら、今度は静かに起き上がった。背中にクッションを挟んでもらうとようやっと一息つく。

「食欲はないかもしれないけど、これならなんとか入るだろう？　今度は酒じゃなくてジュースだ。よく冷えている」

キーヤの実が手渡され、ルゼはそれに口をつけてごくごくと飲んだ。おいしい。

「スープと果物だけでも食べたほうがいい」

トレイを手渡される。そこには野菜のスープと、新鮮な果物が食べやすいように切り分けられていた。まるで至れり尽くせりだった。

「アドルファス」

「うん」

「何か言うことは？」

「悪かった」

ルゼの前で赤と金色の頭が下げられる。ふう、と息をついて、ルゼはスープを口に運んだ。それほど思っているわけではなかった。

「ちょっと刺激的な夜を一緒に過ごしてみたかったんだ。まさか香と酒が組み合わされるとあんなになるとは思わなかった。エルフとは相性が悪いのかな」

そういうアドルファスは見たところまったく問題なさそうだった。

「俺が言っているのはそういうことじゃないんだが」

「ん？」

「実際にはやらないって、言っ……」

ルゼはあくまで、まぐわうのは舞台上の者達だけだと思っていた。それなのに蓋を開けてみれば、あの場にいたほぼ全員が淫靡《いんび》な行為に身を投じていた。そして自分までもが。

「でもあれは楽しかったろう？　僕は楽しかったなー」

「っ……」

邪気がないように笑うアドルファスに、ルゼはぐっ、と詰まる。こういう態度をとられると怒ることができない。それに、彼の言うことはだいたい事実だからだ。

「いきなりはやめてくれ。俺はああいうのに慣れてない。今までずっと、里にこもってたんだから」

「そうだね。昨夜は少し一足飛びすぎた。これからは改めるよ」

アドルファスはそう言うと、ルゼからトレイを受け取り、薬を渡した。

「それを飲んで少し眠ったら、すっかり治っているはずだよ」

薬は少し苦かった。まるで幼子のように寝かしつけられて、なんだか複雑な気分になる。

「なんだか納得がいかない……」

そう呟くと、アドルファスは笑った。

「明日にはこの町を出ようか。もう充分堪能したろう」

「次はどこへ？」

「北に向かってみようか。今度は寒いところに」

「俺はどこでもいい」

一緒に行けるなら。そう告げると、彼は嬉しそうに微笑んで口づけをくれた。

「眠るまで側にいるよ」

「……うん」

握られた手の指のぬくもりに心安らいだ。瞼を閉じると、すぐにとろとろとした眠気が来る。

「おやすみ」

夢の中まで一緒にいるから。

そんなふうに言われた気がして、ルゼは微かに微笑んだ。

ツィギーを預けてある厩舎に迎えに行くため、アドルファスとルゼは雑踏の中を歩いていた。

つい二日前に、あんなことがあったばかりだ。この中にもあの場にいた者がいるかもしれない――と思うと、なんだか不思議な気分だった。

「みんな何もなかったっていう顔をしている」

ルゼの言葉を、アドルファスはすぐに理解したようだった。

「そういうものらしい。あの場所でどんな痴態を晒しても、夜が明ければ知らんぷり――。昔からそういうルールらしいよ」

「……ふうん」

最初はなんという秘祭かと思った。だが、その土地にはその土地なりの歴史と成り立ちがある。これからルゼが学んでいくのは、そういうことなのだ。

「また来よう、アドルファス」

ルゼが告げた言葉に、彼は驚いたようにこちらを見る。

「二度と来ないと言われるのかと思った」

「もちろん、あの祭りにはもう参加しない。……また寝込むはめになるから」

けれど、青い空、強い風、人々の活気、あらゆるところで奔放なところ。どれもルゼは知らなかったことばかりだった。

「キーヤはおいしかったし」

彼を見上げて笑うと、アドルファスもまた、微笑み返してくれた。

「そうだな」


「ツィギー、お待たせ。さあ行こうか」

小型の竜種やその他の騎乗できる獣を預ける厩舎では、毎日きちんと運動をさせてもらっていたらしい。ツィギーはルゼ達の姿を見ると、嬉しそうに喉を鳴らした。暇を見て会いに来ていたのだが、やはり長期間ここにいたのは退屈だったらしい。

「次の場所では家を借りようか。庭があればツィギーも一緒にいられる」

「そうできるなら、そのほうが嬉しい」

鞍をつけ手綱を引き、町はずれまで歩きながらそんなことを話した。

ルゼは振り返り、街並みを仰ぐ。

アドルファスと初めて一緒に訪れた町。最後はとんでもない思い出を作ってしまったが、それもまた笑い話になるだろう。――――なればいい。

「アドルファスは変身するのか？」

「うーん、それでもいいけど、ルゼと一緒にいたいな。僕も乗せてくれるかい？　ツィギー」

「キュウウウ！」

どうやら許可が下りたようだ。アドルファスが鳥になると、一緒に乗れないから少し寂しい。そんなことを思っていたので、ルゼはツィギーの頭を感謝するように撫でる。

「よし、出発しよう」

二人を乗せて、翼竜は空高く舞い上がる。見下ろした街並みに、極彩色の花が咲き乱れているのが見えた。

あとがき

こんにちは。西野《にしの》 花《はな》です。「淫紋 ‐傲慢な魔法使いと黒珠の贄‐」を読んでくださりありがとうございました。淫紋ネタは定期的に書きたくなります。いわゆる強制発情ものはオメガバースとかもそうなんですけど、本人の意志とは無関係にエッチな状態になってしまうのが、そして次第に理性まで取り込まれてしまうというのがとっても好きです。あと今回は受けをエルフにしたのでファンタジー度も上がりました。褐色肌に銀髪というのも好きな見た目です。

そしてイラストを描いてくださった笠井《かさい》あゆみ先生、ありがとうございました！　笠井先生とは何度も組ませていただいているのですが、何気にファンタジーは初めてのような気がします。なのでとっても楽しみにしていたのですが、受けのルゼは美しく可愛くて、攻めのアドルファスはかっこいい&意地悪そうでめちゃめちゃ素敵です。滾ります。

担当さんも面倒見ていただいて毎回お世話になっています。去年はまさかの入院が二回も発生してしまって大変ご迷惑をおかけしました。今年は健康でいきたいです…！

それではまたお会いしましょう。

西野　花

【Twitter】@hana_nishino

ヤコの実を心ゆくまで堪能する
二人を描いてみました

初出一覧

淫紋 -傲慢な魔法使いと黒珠の贄- ………… 書き下ろし
極彩色の夜 ……………………………………… 書き下ろし
あとがき ………………………………………… 書き下ろし

ダリア文庫をお買い上げいただきましてありがとうございます。
この本を読んでのご意見・ご感想・ファンレターをお待ちしております。

〒170-0013 東京都豊島区東池袋3-22-17　東池袋セントラルプレイス5F
(株)フロンティアワークス　ダリア編集部
感想係、または「西野 花先生」「笠井あゆみ先生」係

この本の
アンケートは
コチラ!

http://www.fwinc.jp/daria/enq/
※アクセスの際にはパケット通信料が発生致します。

淫紋 -傲慢な魔法使いと黒珠の贄-

2022年2月20日　第一刷発行

著　者
西野 花

発行者
辻 政英
発行所
株式会社フロンティアワークス
〒170-0013 東京都豊島区東池袋3-22-17
東池袋セントラルプレイス5F
営業 TEL 03-5957-1030
http://www.fwinc.jp/daria/
印刷所
中央精版印刷株式会社